La hermana gemela

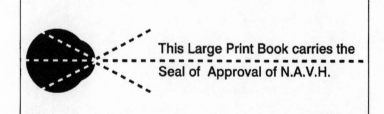

La hermana gemela

Dani Sinclair

Thorndike Press • Waterville, Maine

Published in 2005 by arrangement with Harlequin Books S.A.
Publicado en 2005 en cooperación con Harlequin Books S.A.

Thorndike Press® Large Print Spanish.
Thorndike Press® La Impresión grande española.

The tree indicium is a trademark of Thorndike Press.
El símbolo del árbol es una marca registrada de Thorndike Press.

The text of this Large Print edition is unabridged.
El texto de ésta edición de La Impresión Grande está inabreviado.

Other aspects of the book may vary from the original edition.
Otros aspectros de éste libro podrían variar de la edición original.

Set in 16 pt. Plantin.
Impreso en 16 pt. Plantin.

Printed in the United States on permanent paper.
Impreso en los Estados Unidos en papel permanente.

Library of Congress Cataloging-in-Publication Data

Sinclair, Dani.
    [Second sister. Spanish]
    La hermana gemela / by Dani Sinclair.
        p. cm. — (Thorndike Press large print Spanish)
    ISBN 0-7862-7951-6 (lg. print : hc : alk. paper)
    1. Twins — Fiction.   2. Sisters — Fiction.
   3. Large type books.   I. Title.   II. Thorndike Press large print Spanish series.
PS3569.I5233S43 2005
813′.54—dc22   2005014755

La hermana gemela

ACERCA DE LA AUTORA

Dani Sinclair, lectora empedernida, no descubrió las novelas románticas hasta que su madre le prestó una en una ocasión en que estaba de visita y desde entonces está enganchada a este género, pero no empezó a escribir en serio hasta que sus dos hijos fueron mayores. Desde entonces Dani no ha dejado de escribir. Su tercera novela fue finalista del premio RITA en 1998. Dani vive en las afueras de Washington, lugar que, en su opinión, es una fuente fantástica de intriga y humor.

PERSONAJES

Dennison Hart: Se aseguró de que Heartskeep permaneciera en la familia. No se le ocurrió que quizá nadie querría la casa.

Amy Hart Thomas: Desapareció siete años atrás sin dejar rastro.

Hayley Hart Thomas: Aunque es hermana gemela de Leigh, fue la primera en nacer y Heartskeep debería ser suya.

Leigh Hart Thomas: Creía que había dejado atrás el pasado, hasta que regresó a Heartskeep y descubrió que el pasado no quería seguir enterrado.

Marcus Thomas: Su maldad alcanza incluso desde más allá de la tumba.

Eden Voxx Thomas: La viuda de Marcus sabe más de lo que confiesa.

Jacob Voxx: ¿Que sea hijo de Eden significa que quiere causar problemas?

Gavin Jarret: El antiguo gamberro del condado es ahora abogado del estado.

Bram Myers: Su corazón pertenece a Hayley, y su objetivo es protegerla de todo mal.

Nolan Ducort III: Tiene un secreto que guardar y una deuda que ajustar.

Martin Pepperton: Este miembro de la prominente familia Pepperton fue coceado hasta la muerte por uno de sus caballos... después de que le pegaran un tiro.

Keith Earlwood: Siempre le ha gustado relacionarse con los ricos y famosos.

George y Emily Walken: La pareja que en su día acogió a Gavin han sido durante años amigos y vecinos de Heartskeep.

Querida lectora:

Bienvenida de nuevo a Heartskeep. La sombría propiedad acaba de empezar a desvelar algunos de sus muchos secretos. La puerta al pasado está abierta y puede suceder cualquier cosa.

Hace siete años, Gavin Jarret cultivaba su mala reputación para mantener a la gente a distancia. No se amilanaba nunca y tenía a gala no permitir que nadie se le acercara demasiado. Hasta una noche cálida de verano en que paseó en su moto a una chica seductora y cambió para siempre las vidas de los dos.

Leigh Thomas es la joven tranquila, siempre a la sombra de su hermana. Su único intento por salir de ese molde terminó en desastre... y en una noche que no ha podido olvidar. Creía que había dejado atrás el pasado, pero el destino y Heartskeep tienen otros planes.

Feliz lectura.
Dani Sinclair

Capítulo uno

Siete años atrás

Leigh Thomas bebió la limonada que le tendía su acompañante mientras buscaba el modo de escapar. No conocía a nadie de la ruidosa multitud y el grupo de rock en directo impedía la conversación aunque hubiera encontrado alguien interesante con quien hablar. Todo el mundo parecía beber y tomar drogas abiertamente. La cerveza que había conseguido tragar amenazaba con regresar de un modo innoble y su nueva imagen le pareció de pronto una estupidez.

Aunque pareciera encajar entre la multitud de esa noche y aunque había robado la ropa más atrevida de su hermana gemela, por dentro seguía siendo una chica ingenua de diecisiete años que se arrepentía de haber salido con Nolan Ducort III.

Una fiesta en la propiedad de los Pepperton le había parecido el mejor modo de cambiar su imagen de chica patética. Por supuesto, si su madre hubiera vivido todavía, la habría advertido de que la familia de Martin

Pepperton estaba fuera del condado y de que Nolan, Martin y su amigo Keith Earlwood tenían mala fama. Pero Amy Thomas no estaba allí para advertirla y Leigh no había hecho caso a su hermana.

La desaparición de su madre unos meses atrás, a tan poca distancia de la muerte inesperada de su querido abuelo, había destrozado a Leigh. Amy Hart Thomas no podía haber desaparecido voluntariamente justo antes de la graduación de sus hijas; tenía que estar muerta. Tanto Hayley como ella lo sabían, pero no podían probarlo.

La policía se mostraba de acuerdo, pero ellos creían que Amy había sido víctima de un atracador. Había sacado del banco una cantidad desacostumbrada de dinero para un viaje a Nueva York cuando normalmente pagaba siempre con tarjetas de crédito. Y los agentes se apresuraron a hacer notar que su afición a llevar joyas caras para complementar su ropa de diseño era algo que atraía bastante a los ladrones. Hasta su coche caro de lujo la señalaba como un blanco en potencia.

Pero Amy Thomas no era tonta. Había sido siempre rica y sabía protegerse. Además, un atraco no explicaba por qué no habían podido encontrar ni su coche ni su cuerpo. Y en contra de la sugerencia de la policía local, era completamente imposible que su madre se hubiera fugado con un amante. La idea era ridícula.

Leigh tomó otro sorbo de limonada. Nolan le sonrió y le acarició el brazo con aire posesivo. Leigh se estremeció. Su contacto la repelía. Definitivamente, había sido un error salir con él. Habría estado mucho mejor leyendo en casa. Heartskeep era tan grande que no le habría costado mucho evitar a su padre. Después de todo, tenía años de práctica.

Pero estaba cansada de darle vueltas a la cabeza y de llorar por la madre a la que tanto echaba de menos y en su momento le había parecido buena idea salir con personas nuevas.

Nolan era rico y muy guapo. Su descapotable nuevo era la comidilla de todo el mundo. Hasta Hayley, su hermana gemela, se había puesto verde de envidia cuando la había elegido a ella. Como hermana gemela, Leigh estaba habituada a que los chicos la miraran con curiosidad, pero generalmente los atraía Hayley, que sabía sonreír y coquetear. Su hermana era extravertida y lista y no le tenía miedo a nada. Todo el mundo decía que Leigh era la hermana callada, que se conformaba con dejarle la batuta a su hermana «mayor», y que había sido todo un éxito que alguien se interesara más por ella que por Hayley. Su hermana no había podido ocultar su sorpresa ni su decepción. Le gustaba mucho el descapotable y se había apresurado a decirle a Leigh que Nolan era más viejo y mundano que los demás chicos con los que había salido. La advertencia, por supuesto, sólo sirvió para alentar a Leigh a aceptar la invitación.

En ese momento, sin embargo, deseaba haberle hecho caso a su hermana y a sus instintos. Empezaba a sentirse mareada y rara. Tal vez por los efectos de la cerveza que se había forzado a beber. Lo único que deseaba ya era salir de aquella casa y alejarse de la fiesta. No le gustaba cómo la miraban Nolan y sus dos amigos.

Hayley habría sabido manejar la situación, o mejor dicho, Hayley no se habría colocado en aquella situación. Y Leigh no sabía qué hacer.

Cuando se acercó un grupo ruidoso de gente, aprovechó la oportunidad para escabullirse sin que se fijaran en ella. Fuera, el aire húmedo de la noche no ayudó a disipar la sensación de mareo que la invadía. Se sentía rara, como si se derritiera de dentro afuera. ¿Por una cerveza? Sólo había tomado eso y la limonada. Quizá si hubiera comido algo antes, no se habría sentido tan mal.

Tendió una mano hacia un árbol cercano e intentó controlarse.

—¿Estás bien?

Una forma oscura se separó del lateral de una camioneta aparcada cerca de allí. Una bota aplastó la chispa de un cigarrillo contra el suelo.

A Leigh le dio un brinco el corazón al recorrer los vaqueros ajustados, el abdomen plano, visible bajo la camisa abierta, y llegar a la cara. Sabía que los ojos eran grises, con una mirada penetrante que ponía nerviosas a algunas personas y que ella siempre había encontrado muy sexy. El pelo ondulado y moreno, espeso y siempre necesitado de un corte, resultaba tan indomable como su dueño.

Tenía delante una fantasía hecha realidad. Gavin Jarret, el chico malo del condado, estaba tan cerca que sólo tenía que tender el brazo para tocarle el pecho.

Tentador.

Muy tentador.

Lo cual sólo probaba lo confusos que estaban sus pensamientos. Gavin no era un chico. Era cinco años mayor que ella y poseía un aura de sensualidad peligrosa que no tenía nada que ver con dinero, ropa o coches. Si hubiera vivido en la época del Salvaje Oeste, habría llevado una pistola en la cadera y un sombrero calado hasta la frente. No era macarra, no le hacía falta; se movía con la seguridad de un hombre que no necesita probarle nada a nadie pero al que no lo amilana ningún reto.

Leigh había soñado muchas veces despierta con él desde que lo viera por primera vez trabajando en la gasolinera de Wickert. Se rumoreaba que lo habían expulsado de varias escuelas, que había tenido problemas con la policía y que besaba como nadie. Y a Leigh le fascinaba su boca. Le fascinaba todo sobre él.

Había sido uno de los jóvenes que habían acogido sus vecinos, Emily y George Walken. Todo el mundo les había dicho que era un error, que Gavin era un solitario al que le gustaba vivir así. Era una de las primeras puertas a las que llamaba la policía cuando había problemas. Pero al igual que otros chicos, Gavin se había calmado bajo la guía de los Walken y ahora seguía yendo por la casa cuando no estaba en la universidad.

—¿Te ha afectado el calor? —preguntó.

El tono lento de sus palabras prendió una llama cosquilleante en el vientre de Leigh. Su mirada se entretuvo en el escote atrevido del top, que no cubría tampoco el ombligo y con el que la chica se había sentido desnuda cuando Nolan la había mirado con aire depredador.

Curiosamente, la mirada de Gavin le produjo el efecto contrario; reavivó algo en su interior, algo osado, excitante y extraño. Echó a un lado la cabeza y le sonrió.

—Hace mucho calor dentro.

Él le tendió una botella abierta de cerveza.

—¿Quieres un trago?

A ella el corazón le latió con fuerza. La voz masculina era profunda y grave. Tan sexy como el resto de él.

—Sí, gracias.

Sus manos se tocaron y una ola de energía fluyó a través de ella, que reprimió un estremecimiento. Los dedos de él eran duros y callosos de trabajar en el taller, no suaves como los de Nolan.

Tomó la botella y colocó la boca donde había estado la de él, lo que le causó una sensación deliciosamente traviesa. Bebió un trago largo y lo miró a los ojos. La cerveza le hizo cosquillas por la garganta abajo.

La luna se ocultó detrás de una nube y dejó en sombra el rostro de él. Cuando le devolvió la botella, ella le acarició un instante los nudillos.

Gavin la observaba con sus ojos oscuros e impenetrables. Con lentitud deliberada, levantó la botella y cubrió la boca con sus labios. Echó atrás el cuello y bebió despacio.

Leigh no podía apartar la vista. Siguió el camino del líquido por la garganta de él con la sensación de que su boca la acariciaba a ella en vez de a la botella.

—¿Quieres dar una vuelta? —preguntó él.

Señaló una moto negra brillante que esperaba en la sombra, al lado de la camioneta.

Leigh luchó por imitar el tono despreocupado de su hermana y sonrió con falsa seguridad.

—Sí. ¿Por qué no?

—No tengo dos cascos —le advirtió él—. Te vas a despeinar.

La chica llevó una mano al pasador que recogía su pelo en la parte superior de la cabeza y soltó la masa castaña, que se extendió por sus hombros y su espalda.

—Vamos —dijo él con brusquedad.

Leigh no había montado nunca en moto, pero se colocó detrás de él como si lo hubiera hecho toda la vida.

—¡Agárrate a mí! —le pidió él.

La chica se agarró a su cintura y la moto se puso en marcha con un rugido ensordecedor.

Su pelo se movía con el viento y sus dedos se agarraban espasmódicamente a la cintura masculina, pero no tardó en encontrar el ritmo y adaptar sus movimientos al cuerpo de él y a la moto. El viento silbaba en sus oídos y sus dedos buscaron un asidero mejor y rozaron la cremallera de él. Gavin estaba excitado.

Al principio se sintió sorprendida, pero la sorpresa fue seguida rápidamente de un anhelo como no había conocido nunca. Rozó el bulto con los dedos y lo sintió palpitar. Era como si actuara bajo los dictados de algo que no podía controlar. Besó la espalda de él y la moto osciló levemente un instante.

Gavin se metió por un camino secundario. Ella no sabía dónde estaban y no le importaba. Tocarlo se había convertido en una droga liberadora.

Siguieron por el camino, levantando una nube de polvo a su alrededor. Leigh cerró los ojos y deslizó las manos por la piel desnuda de él. Nunca había sentido nada tan increíble. Él detuvo la moto entre un grupo de árboles, se bajó, la bajó al suelo y la estrechó contra sí. Su boca buscó la de ella en un beso que exigía una respuesta total.

Y ella lo besó con un fervor que dejaba atónita a la pequeña porción de su cerebro que todavía funcionaba. Él sabía a cigarrillos y cerveza, con un toque de menta.

Tardó varios segundos en comprender que los minúsculos gemidos los emitía ella. No conseguía cansarse del beso y quería más.

Su cuerpo parecía catapultarla hacia algún precipicio, exigiendo que se diera prisa.

Él se apartó y ella emitió un grito de protesta. A él le brillaban los ojos, oscuros, calientes y salvajes como la noche. La luz de la luna se reflejaba en sus dientes al sonreír.

—Más despacio, preciosa, tenemos todo el tiempo del mundo.

Pero ella no podía frenar. Quería gritarle que se diera prisa, pero el único sonido que parecía capaz de emitir era un gemido ridículo. Él sacó una manta de una bolsa lateral de la moto y la extendió en el claro. Ella estaba confusa y desorientada, pero el deseo seguía creciendo en su interior, apagando cualquier pensamiento consciente.

—Si me sigues mirando así, me vas a quemar vivo.

Eso era justamente lo que le sucedía a ella, que ardía con un deseo que sólo él podía satisfacer.

—¡Date prisa! Por favor.

Gavin sonrió con malicia.

—Ya voy.

Se tumbó con ella en la manta y la besó en la boca. A Leigh le ardían todas las fibras del cuerpo, estaba perdida en una marea de sensaciones que la acercaban cada vez más al precipicio que la esperaba. De pronto él le besó un pezón y ella se estremeció repetidamente. Gavin, sin darle tiempo a recuperarse, se dedicó a succionarle el pezón hasta que el cuerpo de ella se arqueó en un gesto de súplica.

No supo cómo llegaron a estar los dos desnudos, pero lo encontró muy excitante. Los labios de él trazaron un recorrido por el vientre de ella y más abajo. Se detuvo al llegar al pubis y ella gimió. Y él empezó a acariciarla con la boca de un modo desinhibido y muy placentero.

Las manos de ella luchaban por tocarlo, pero él se rió y enseñó a su cuerpo cómo dar placer a los dos. Leigh sintió un placer salvaje y se preguntó si se había vuelto loca.

Al fin él se tendió sobre ella y la penetró con un movimiento brusco. Detuvo el grito de ella con su boca y la punzada de dolor se perdió casi inmediatamente en la extraordinaria sensación de plenitud que la siguió.

Creyó que le oía lanzar una maldición, pero cuando empezó a moverse, él se estremeció y se movió también, saliendo casi del todo para volver a entrar de nuevo más deprisa, mejor.

Leigh no podía hablar ni pensar. Se apretaba en torno a él y pedía más. Y él se movía cada vez más deprisa y más profundo, llevándola a una cima increíble, a un placer indescriptible.

—Despierta, maldita sea. Hayley, despierta.

La chica, confusa, intentó comprender lo que decía aquella voz masculina.

—Soy Leigh —murmuró, incapaz de levantar los párpados. Sintió el suelo duro debajo de la espalda y se preguntó vagamente si alguna vez dejaría de temblar.

Gavin lanzó una maldición y ella pensó que debía decir algo, pero le resultaba muy difícil combatir el cansancio que le cerraba los ojos.

Algo húmedo le tapó el rostro. Luchó inútilmente contra la tela, pero unas manos le sujetaron los brazos. Ella parpadeó y la tela cayó.

—Vamos. Espabila. ¿Cuánto has bebido?

La pregunta consiguió abrirse paso entre la niebla de su cerebro.

—Una cerveza.

Él lanzó un juramento.

—¿Estás mintiendo?

—No. Muy cansada.

—Estás drogada.

Esas palabras rasgaron la cortina que le nublaba la mente.

—No.

—Sí —contestó él, sombrío—. Abre los ojos y mírame.

Leigh abrió los ojos.

—Siéntate, vamos. Eso es. Abre los ojos, Leigh.

Ella luchó por obedecer. Era el hombre más sexy que había visto.

—Un hombre de fantasía —susurró.

Gavin lanzó una maldición.

—Ya veremos lo que piensas de eso mañana. Toma, traga esto.

Le acercó a los labios una botella que chocó con los dientes de ella, pero no le dio ocasión de protestar. El agua caliente cayó por su barbilla, pero parte del líquido entró en su garganta seca. Tenía un sabor químico, a agua embotellada que llevara mucho tiempo en un coche caliente. La chica se atragantó y se le revolvió el estómago. Intentó apartar la mano de él.

—Bebe más.

—Voy a vomitar.

—De eso se trata. Tienes que sacar esa droga del cuerpo.

Para mortificación de ella, él le sujetó la cabeza mientras vomitaba y siguió sosteniéndola con gentileza cuando hubo terminado. Le apartó el pelo casi con ternura y le frotó la espalda desnuda como si fuera una niña.

Leigh, débil y agotada, se dejaba hacer. Su cerebro intentaba desesperadamente encontrar algún sentido a todo aquello.

—Toma otro sorbo.

—Volveré a vomitar.

—Enjuágate y escúpelo. No lo tragues. Sé que está caliente, pero no tengo más agua.

Ella obedeció, completamente avergonzada a medida que empezaba a recordar las cosas que habían hecho. Él la soltó y buscó en su bolsillo. Leigh oyó un ruido de papel.

—Es un caramelo de menta —dijo él—. Te cambiará el sabor de boca.

Su expresión era tan tierna que ella quería llorar. El caramelo tenía un sabor extraño.

—¿Crees que puedes subir a la moto?

—¿Moto?

Recordó entonces el paseo, el deseo. Sus pechos estaban desnudos, con los pezones duros y doloridos. El resto de su cuerpo estaba igual de desnudo. Miró el rostro de él, horrorizada.

—¿Hemos...?

Los rasgos de él se endurecieron.

—¿Hecho el amor? Oh, sí, muñeca. Claro que sí.

Le acarició el cuello con un dedo y ella tuvo un recuerdo de sus labios haciendo lo mismo. Se estremeció.

—¿Cuánto recuerdas? —preguntó él.

—No... no estoy segura.

Gavin le levantó la barbilla y la obligó a mirarlo a los ojos.

—Dime que no eras virgen.

Leigh perdió de nuevo la batalla con su estómago y él consiguió volverle la cabeza a tiempo. Unas náuseas secas la invadieron. Gavin lanzó un juramento, pero la sostuvo hasta que al fin ella se apoyó en su pecho, agotada. La camisa le olía a humo de tabaco y suavizante. El hecho de que él estuviera vestido y ella desnuda lo empeoraba todo. Le limpió la cara con gentileza y le colocó el pelo detrás de las orejas.

—Vamos a vestirte.

Ella lo intentó, pero los dedos no la obedecían. Él se saltó el sujetador y las braguitas y la ayudó a ponerse el top de su hermana.

—¿Puedes levantarte?

Leigh no estaba segura. Gavin no le dio opción. La puso en pie y le subió los vaqueros por las piernas. Cuando terminó de abrocharlos, la tomó en vilo y la sentó en la moto.

—Agárrate a mí.

Leigh cerró los ojos y recordó sus manos en la piel desnuda de él. Cerró los ojos y reprimió unas lágrimas de vergüenza. No los abrió hasta que se detuvo la moto. Miró el edificio oscuro del taller de Wickert.

—¿Qué hacemos aquí?

—Tengo llave y conozco el sistema de alarma. He pensado que querrías lavarte antes de que te lleve a casa.

Leigh sintió un nudo en el estómago. Quería llorar, pero los rasgos de él eran duros y ella se tragó las lágrimas, mortificada y avergonzada.

En el espejo del baño de mujeres le costó reconocerse. El pelo le colgaba en mechones enredados en torno al rostro. Sus ojos eran simas oscuras en la palidez fantasmal de su piel. Rastros de rímel se extendían por su cara y en su cuello se empezaba a formar más de un moratón.

Sujetó el peine que Gavin le había puesto en la mano después de abrir la puerta, se sentó en el suelo y sollozó hasta que no le quedaron lágrimas. La vergüenza la paralizaba. ¿Cómo iba a mirarlo a la cara?

Él decía que estaba drogada, pero eso no importaba. Ni eso ni saber que había fantaseado con él desde que tenía quince años. Lo que importaba era que había entregado su virginidad a un hombre que ni siquiera podía distinguirla de su hermana.

¿Entregado? Básicamente le había exigido que la tomara.

Y eso era lo que más la avergonzaba.

Gavin llamó a la puerta y ella se levantó tambaleante y se secó la cara cubierta de lágrimas.

—¿Estás bien?

—Sí —gimió ella, con voz espesa por el

26

llanto—. Salgo enseguida.

—¿Necesitas algo?

A su madre. Habría dado todo lo que poseía por haber podido tener a su madre al lado en aquel momento.

—Salgo enseguida —repitió.

Esperó hasta que lo oyó alejarse de la puerta, se lavó la cara con agua fría y se frotó con toallas de papel para intentar quitarse todo rastro de suciedad. Pero no pudo dominar su pelo con aquel peine.

Intentó no pensar en las marcas de su piel, en el aspecto hinchado de sus labios ni en el dolor extraño que sentía entre las piernas. Podía olerlo a él en su piel y todavía lo sentía palpitando en su interior. Y empezó a temblar de nuevo porque todavía lo deseaba y le costó mucho esfuerzo controlarse y salir del baño.

Gavin se apartó de la pared sucia, pero no hizo ademán de tocarla y su expresión era de enfado.

¿Con ella?

—Ven a la oficina. He hecho té.

—¿Té?

—La señora Walken dice que el té con azúcar es bueno para el shock. Me parece que los dos necesitamos una taza. Además, la cafetera está rota, así que sólo puede ser té o limonada.

27

—No tengo sed.

—Bébelo de todos modos.

Leigh sentía frío por dentro, pero tenía miedo de volver a vomitar, por lo que apartó la vista de las galletas de chocolate que había sacado él de la máquina expendedora.

—Intenta comer una. Tienes que darle a tu cuerpo algo que absorber aparte de la droga.

La chica obedeció. Por lo menos, sorber té y mordisquear una galleta suponían algo que hacer aparte de mirarlo a él.

—¿Qué hacías en esa fiesta?

—Fui con Nolan —repuso ella.

—¿Ducort? —preguntó él con incredulidad—. ¿Qué hacías con ese gusano?

Leigh se obligó a mirarlo a los ojos.

—Me invitó.

Gavin murmuró algo entre dientes. Una vena le latía en el cuello y tenía aspecto de querer pegar a alguien. Ella se encogió y el rostro de él se suavizó en el acto.

—Escúchame, siento mucho lo que ha pasado. Juro que no te reconocí al principio o te habría llevado directamente a casa.

Ella tragó saliva y procuró no llorar delante de él.

—Muchas gracias —musitó.

Gavin no pareció oírla.

—La culpa no es tuya. ¿Comprendes?

Leigh se levantó con tal rapidez que las galletas se esparcieron por la mesa.

—No te atrevas a ser tan paternalista. No tengo doce años.

—Por lo menos dime que no he seducido a una menor.

—Ha sido un acto voluntario, no una seducción —dijo ella, temblando de arriba abajo.

—Estabas drogada —contestó él—. Y eras virgen.

—Bueno, ya no tengo que preocuparme de ese problema, ¿verdad?

Unos faros iluminaron el interior de la gasolinera. Delante se había parado un coche.

—Ha llegado tu hermana.

Leigh lo miró horrorizada.

—¿Has llamado a mi casa?

—No, he llamado a lo Walken. Quería consejo antes de ir a la policía.

Ella lo miró atónita.

—No vamos a ir a la policía.

—Te han drogado, ¿no lo comprendes? Ducort te ha echado algo en la bebida. Quería violarte, sólo que yo he llegado antes —añadió sombrío.

Leigh pensó por un instante que se iba a desmayar. Lo oyó abrir la puerta como en una niebla.

—Mala suerte para ti, ¿eh? —le escupió.

Estaba llena de rabia—. Bueno, no lo pienses más, yo no lo haré. No pienso ir a la policía, pero si alguno de vosotros vuelve a acercarse a mí, haré que lamentéis el día en que nacisteis.

Gavin se hizo a un lado. Hayley y los Walken estaban en el umbral con expresión preocupada. La humillación de Leigh era completa.

Consiguió controlar las lágrimas con un gran esfuerzo y miró al hombre con el que llevaba tanto tiempo soñando.

—Esto no te lo perdonaré nunca.

Dieciocho horas más tarde, Gavin, sentado en la cárcel, contemplaba sus nudillos heridos y se preguntaba por qué se había sentido obligado a hacerse el héroe. Sólo tenía que contarle la verdad a la policía... pero eso arruinaría para siempre la reputación de Leigh.

Además, ¿para qué? La policía creía que ya sabía la verdad. Una llamada anónima había afirmado que habían visto su moto delante de la casa de su jefe la noche anterior. Habían robado la casa. Al viejo Wickert le habían dado un par de golpes, lo habían atado y lo habían dejado tirado con un ataque cardiaco. Si moría, la policía añadiría asesinato a los cargos y Gavin sabía que el jefe de policía se moría de ganas de hacer justamente eso.

Le habían permitido una llamada de teléfono y la había usado para hablar con George Walken, a quien había arrancado la promesa de que dejaría a Leigh fuera de aquello a toda costa. Le había hecho notar que decir la verdad sólo serviría para comprometerlo aún más. La policía insistiría en que la había drogado él y no tenía sentido arrastrar su nombre por el fango. A Ira Rosencroft, el abogado de George, le había dicho lo mismo.

La puerta de su celda se abrió de pronto y entró un agente joven, no mucho mayor que él.

—Vamos, Jarret.

—¿Adónde?

—Tienes que firmar por tus cosas. Puedes marcharte.

—¿Por qué?

—¿Tanto te gusta esto que te quieres quedar?

—¿El señor Wickert ha recuperado el conocimiento? —preguntó Gavin, esperanzado.

El policía negó con la cabeza.

—Ha muerto hace una hora.

—¡Maldita sea!

Sus ojos se encontraron en una simpatía muda. Gavin se tragó su pena.

—¿Y por qué me dejan ir?

—Tienes una coartada. Y podías habernos ahorrado muchas molestias si nos hubieras contado dónde estabas anoche.

¡George se lo había prometido y el abogado también! Gavin firmó el papel que le tendieron y se metió la cartera en el bolsillo de atrás. Empezaba a alejarse cuando se abrió la sala de interrogatorios.

El jefe de policía, de pie en el umbral, miraba de hito en hito a la figura sentada en la silla de madera.

—Deberías pensarlo mejor —gruñó.

Leigh Thomas se levantó con la gracia de una reina. El pelo castaño dorado le caía hasta media espalda. Miraba al policía con una compostura que pocas personas habrían podido igualar.

—No, eso hágalo usted —dijo con firmeza—. Sé que no le gustamos ni mi hermana ni yo ni Gavin ni los Walken, pero, si se deja llevar por eso, tampoco resolverá este asesinato. Gavin estuvo anoche conmigo y lo juraré así en cualquier tribunal. Y usted no puede hacer ni decir nada para cambiar esa sencilla verdad.

Lo miró a los ojos sin parpadear.

—Escúchame, señorita. Si encuentro alguna prueba que vincule a Jarret con ese crimen, te detendremos por cómplice de asesinato.

—No, para eso tendría que inventar usted esa prueba y, aunque sé que es incompetente, no creo que sea deshonesto.

—Largo de aquí —gritó el jefe de policía con furia. Se volvió y vio a Gavin—. Fuera los dos de mi vista.

Gavin echó a andar al lado de Leigh.

—¿Por qué has venido? —preguntó en cuanto salieron a la calle—. Les he dicho a ese abogado y a los Walken que no te metieran en esto.

—Ellos no saben que estoy aquí —repuso ella sin mirarlo.

Gavin tenía que verle los ojos, necesitaba saber lo que pensaba y si lo odiaba por lo sucedido la noche anterior.

—¿Y por qué has venido aquí?

Ella no levantó la cabeza.

—Porque tú estabas conmigo cuando sucedió el robo.

Gavin lanzó un juramento. Le puso una mano en el hombro.

—Precisamente. No había pruebas contra mí, sólo una llamada de teléfono anónima. Antes o después tenían que soltarme. ¿Sabes lo que le has hecho a tu reputación al venir aquí?

Leigh levantó la barbilla y lo miró sin chispa de emoción.

—Mi reputación saldrá ganando o perdiendo, depende de con quién hables —se encogió de hombros—. Y a mí no me importa nada. Si yo no vengo, la policía dejaría de buscar al verdadero criminal, como dejaron de buscar a mi madre. El señor Wickert era un viejo amable y merece algo mejor. Y ahora quítame la mano de encima o te doy una patada en la espinilla.

Gavin dejó caer la mano, intentando todavía leer su expresión, pero sin éxito.

—¿Estás bien? —preguntó—. Lo de anoche...

—Después de lo de anoche, estás en deuda conmigo, ¿es eso?

Él asintió, sorprendido. Por encima de ella vio que su hermana se acercaba por la acera.

—En ese caso, haznos un favor a los dos, Gavin. Crece un poco. Haz algo útil. Esa fama de chico malo podía haberte costado bastantes años de cárcel. Y has hecho llorar a la señora Walken. Ella también merece algo mejor.

Las palabras de ella lo golpearon con la fuerza de la verdad.

—Creía que tú eras la hermana callada —murmuró.

—¡Leigh! —la llamó Hayley.

Leigh achicó los ojos.

—Y lo soy. Si te quedas aquí, mi hermana te echará un sermón peor que nada de lo que te pueda haber dicho la policía. En cuanto a lo de anoche, olvídalo. Yo pienso hacerlo.

—Tú no lo olvidarás —musitó él, cuando ella se volvió hacia su hermana—. Ni yo tampoco.

Capítulo dos

El presente

Marcus Thomas había sido asesinado encima de las rosas que había cuidado con tanto amor y Leigh sólo conseguía sentir alivio ante la muerte de su padre.

Estaba un poco apartada del pequeño grupo que se había reunido bajo el sol de verano y se preguntaba cómo podía encontrar el reverendo alguna palabra amable con la que despedir a Marcus. A ella le habría sido imposible. Hasta Eden, la viuda, mantenía un rostro inexpresivo durante la ceremonia.

Jacob Voxx, su hijo, parecía incómodo a su lado. Claro que hacía mucho calor y llevaba un traje negro y corbata. Una de las mangas colgaba vacía al costado ya que el brazo derecho, con el que había parado una de las balas de la asesina, seguía en cabestrillo.

Hayley, la hermana gemela de Leigh, se encontraba a la izquierda de Jacob al lado de Bram Myers, quien le pasaba un brazo protector por los hombros. Hayley tenía muy buen aspecto para alguien que había estado a punto de morir dos veces a manos de la misma asesina.

Leigh pensó que era difícil no sentir una punzada de envidia al mirar a la pareja. Su hermana y ella siempre habían tenido un vínculo especial y eso no cambiaría nunca, pero ahora Hayley tenía un vínculo nuevo que no podía compartir con ella.

Bram Myers era un hombre grande, moreno y atractivo, diez años mayor que su hermana y la pareja parecían hechos el uno para el otro. Pero, aunque Leigh envidiaba a su hermana, dudaba de que ella pudiera abrirse tan completamente a otra persona. A ella le costaba mucho más que a Hayley confiar en la gente.

Se colocó un mechón de pelo detrás de la oreja y decidió que, en cuanto pudiera ir al pueblo, se lo cortaría como había hecho su hermana. No sólo sería más cómodo con aquel calor sino que también le daría una imagen nueva con la que empezar su nueva vida como programadora informática en una empresa fuerte de la industria de las telecomunicaciones.

Miró un momento a la pareja situada detrás de su hermana, George y Emily Walken, amigos de la familia y los vecinos más próximos a Heartskeep. La pareja no tenía hijos, pero llevaban años acogiendo a chicos con problemas y, en cierto modo, habían hecho lo mismo con su hermana y con ella.

Después del asesinato de Marcus, la pareja las había protegido de la prensa, había hecho de intermediaria con las autoridades, les había ofrecido su casa y habían ayudado en todo lo posible y Leigh no olvidaría nunca su amabilidad.

Un poco más allá, Odette Norwhich hacía una mueca a nadie en particular. Eden la había contratado hacía poco como ama de llaves y, aunque Leigh la había visto pocas veces, había llegado a la conclusión de que siempre tenía aquel aspecto. Hayley le aseguraba que la mujer poseía un lado blando, pero ella no lo había visto.

Recorrió con la vista el círculo de personas, que ahora se acercaban ya a ofrecer sus condolencias. Como se trataba de un funeral privado, había poca gente. Sonrió como pudo y habló un instante con cada uno de ellos, pero se sintió aliviada cuando terminó todo. Marcus había sido su padre, pero sólo en el aspecto biológico y, aunque había vivido muchos años en Heartskeep, nunca había encajado allí.

Se disponía a seguir a Bram y su hermana cuando una corriente de aire frío atravesó su cuerpo, aunque no había ni el menor rastro de brisa. Se volvió despacio y vio una figura solitaria a pocos metros. El corazón se le encogió en el pecho.

¿Qué hacía él allí?

Lo miró indefensa, mientras los recuerdos la asaltaban sin misericordia. No era justo. Ya había tenido que lidiar años atrás con esos sentimientos.

—¿Leigh? ¿Ocurre algo? —preguntó Hayley.

Todo. Aunque ver a Gavin Jarret no debería afectarla tanto después de los años pasados.

—¿Leigh?

Se centró en la mano de Hayley, cálida contra la piel desnuda de su brazo. Los ojos oscuros de Bram reflejaban la preocupación de los de su hermana. Leigh consiguió sacudir la cabeza y giró la mirada al ataúd.

—Debería sentir algo, ¿no? —preguntó.

Los rasgos de Hayley se endurecieron.

—¿Alivio?

Después de un momento, Leigh asintió con tristeza.

—Pero era nuestro padre.

—Se necesita algo más que un acto biológico para ser un padre y tú sabes tan bien como yo que lo único que quería Marcus eran sus rosas. Vamos, salgamos de este calor.

Leigh se dejó llevar. Miró una vez más por encima del hombro y vio que Gavin se había ido, aunque divisó otra figura cruzando entre las lápidas. Definitivamente, nadie triste. ¿Quizá alguien que había ido a comprobar si Marcus había muerto de verdad?

Se riñó por aquella idea. Seguramente sería un fotógrafo que robaba fotos para alguna revista del corazón. Los últimos acontecimientos en Heartskeep habían hecho que salieran en la prensa más de una vez. A Marcus no le habría gustado.

Pero, por lo que a Leigh respectaba, la prensa podía publicar lo que quisiera, aunque eso no le impidió mirar una vez más el cementerio antes de entrar en el coche. Gavin se había ido y se dijo que era mejor así. Él era la última persona con la que quería hablar.

¿Sería su presencia el motivo de que no pudiera sacudirse de encima la impresión de que estaba a punto de suceder algo?

—Tú me ayudarás —dijo Martin Pepperton. El caballo relinchó detrás de él, quizá en reacción a su tono de furia.

Nolan retrocedió hasta la puerta del apartado para dar más espacio al animal. Miró un momento el establo vacío, donde se sentía muy vulnerable.

—Éste no es lugar para esta discusión —dijo a Martin, mirando sus pupilas dilatadas y su piel flácida.

Martin Pepperton tenía su edad, pero empezaba a mostrar señales de los efectos de años consumiendo drogas.

El miembro más joven de la ilustre familia Pepperton hizo una mueca.

—¿Qué pasa, Nolan? ¿Tienes miedo de una yegua? Panteena no te hará daño, ¿verdad, amiguita? Deberías apostar por ella la próxima vez que corra.

El animal golpeó el suelo con los cascos y tiró con fuerza de la brida que sujetaba Martin. Nolan sintió un fuerte impulso de alejarse sin mirar atrás. Era una desgracia que siguiera unido a Martin por vínculos que sólo la muerte podía cortar.

—Tengo que volver con mi grupo —dijo—. La respuesta es no.

—¿Te acuerdas del viejo Wickert?

Nolan miró una vez más a su alrededor para asegurarse de que el establo estaba vacío.

—Cállate, Martin. Eso ocurrió hace mucho tiempo y fue un accidente. El viejo no tenía que haber muerto.

—¿Crees que a la policía le importará eso?

—¿Se puede saber qué te pasa? Hasta un cerebro empapado en droga como el tuyo debería saber que, si cae uno de nosotros por eso, caemos los tres.

Martin se apartó de la yegua con una sonrisa burlona.

—Quieres una parte más grande, ¿verdad?

Nolan lanzó un juramento.

—No quiero tu dinero —repuso, seriamente preocupado ya. Martin estaba loco y resultaba peligroso. Más de lo que había creído.

Martin dio un paso hacia delante, lo cual sobresaltó a la yegua, que estuvo a punto de levantarse sobre las patas traseras. Golpeó con fuerza el costado del animal, que coceó y gimió en protesta.

—Ya te he traspasado la propiedad de Sunset Pride —dijo—. Excepto, claro, que la yegua no es Sunset Pride. Pero necesito que me avales en este trato.

—¿Por qué rayos has puesto esa yegua a mi nombre? Te dije por teléfono que no quería saber nada de tu plan.

—Mi familia ha formado parte del circuito de carreras aquí en Saratoga Springs desde principios del siglo XX. Ese bastardo se burló de mí al venderme aquel caballo inútil. Pero le daré una lección. Tengo una reputación que proteger.

—¿Y qué hay de mi reputación?

—Tú no estás en el mundo de las carreras.

—Exacto. Nadie se va a creer que he comprado un caballo de carreras. ¿Por qué iba a hacerlo? Ni siquiera me gustan esos malditos animales.

—Muchos hombres de negocios compran caballos de carreras. Son inversiones, simples transacciones de negocios. Sólo tienes que decir que lo compraste y ahora necesitas el dinero para otra cosa. Los papeles estarán en regla. Hasta que no tomen una muestra de ADN no podrán probar nada. Y no la tomarán. ¿Por qué iban a hacerlo? Además, a nadie le sorprendería que le hubieran vendido un caballo malo a alguien que no está en el mundillo. El único que quedará como un tonto será Tyrone Briggs.

Nolan movió la cabeza.

—De eso nada, Martin. Ya te lo dije, demasiado riesgo. No quiero venderle un caballo inútil ni a Briggs ni a nadie. De todos modos le seguirán la pista hasta ti. No piensas con claridad.

El rostro de Martin se ensombreció.

—Pienso muy bien —replicó—. Eres tú el que no piensa. Necesito que hagas esto por mí. O te haces pasar por el dueño del caballo o te juro que le cuento a la policía lo que sucedió de verdad hace siete años.

Nolan sintió que el miedo le aceleraba el pulso. Su amigo hablaba en serio.

—¿Pero te has vuelto loco? —un chorro de sudor apareció en su frente.

Vio una pistola en la mano de Martin y sintió la boca seca. Aquel bastardo estaba lo bastante loco como para apretar el gatillo.

—No seas idiota, Martin. Si disparas una pistola aquí, esto se llenará de gente.

—A lo mejor no me importa.

Sus ojos lucían un brillo inducido por las drogas. Nolan no dudaba de que estaba lo bastante colocado como para apretar el gatillo sin pensar en las consecuencias.

—No necesitas una venganza tan mezquina —dijo, en un esfuerzo por aplacarlo.

—Ese tío me jodió y tiene que pagarlo. Nadie me va a convertir en el hazmerreír de la gente. Cuando Briggs descubra que su caballo no vale nada, será de él de quien se rían.

La lógica no podía nada en aquella situación; mandaban las drogas. Nolan entró un paso en el apartado y procuró no mirar al nervioso animal.

—Vale, vale. Si tan importante es para ti, haré esa llamada.

Martin sonrió. Al sentir la victoria, bajó

la pistola y Nolan se lanzó hacia delante. Panteena relinchó y coceó la madera mientras los hombres luchaban por la pistola. Ésta se disparó, pero los cuerpos apretados de ellos ahogaron el sonido.

Nolan se apartó. Martin permaneció un segundo en pie, con una expresión de sorpresa en el rostro. Luego se dobló con un gemido. Aquello fue demasiado para el asustado animal. Se levantó sobre las patas traseras con un grito de protesta y Nolan saltó hacia atrás justo a tiempo. Los cascos bajaron con precisión y, cuando salía del apartado y cerraba la puerta, oyó ruido de huesos que se rompían.

No perdió tiempo en atar la puerta. Panteena, en un esfuerzo enloquecido por escapar, golpeaba con todas sus fuerzas el cuerpo caído a sus pies. Nolan corrió hacia la puerta del extremo del establo y oyó el ruido de los cascos contra la madera.

El animal no tardaría en golpear la puerta y quedar libre, pero eso no le importaba. Por lo menos ya no tendría que preocuparse más de Martin Pepperton. Era imposible que sobreviviera a esos cascos. Una rápida mirada por encima del hombro hizo que se le parara el corazón.

Una mujer estaba de pie en la entrada del extremo opuesto del establo y lo miraba.

Se volvió con rapidez y en ese momento la yegua consiguió abrir la puerta y salió de su apartado como una fiera. Nolan echó a correr con miedo.

Seguramente ella lo había reconocido, no había cambiado tanto en los últimos años. Y se dio cuenta de que todavía apretaba en la mano la pistola de Martin.

Se la metió en el cinturón, debajo de la chaqueta, y cambió de rumbo. Necesitaba rápidamente una coartada. Había una posibilidad de que la policía no la escuchara a ella, sobre todo si conseguía una buena coartada.

O quizá tendría suerte y la yegua la perseguiría y la mataría también, ahorrándole así el esfuerzo.

Leigh salió de la peluquería y sacudió el pelo a modo de experimento. Sentía la cabeza un kilo más ligera. Era una sensación extraña, pero le gustaba, y además, había donado su pelo a un grupo que hacía pelucas para personas que recibían quimioterapia.

En conjunto, se sentía bastante bien mientras bajaba por la calle para reunirse con su hermana en Rosencroft y Asociados. El despacho de abogados había llamado a Hayley justo después del funeral de Marcus. Eden había anunciado su intención de asistir a la

46

reunión y Hayley no se había opuesto.

—Deja que el señor Rosencroft le explique que no tiene ninguna autoridad en Heartskeep. No vale la pena discutir.

Leigh estaba de acuerdo. Nunca había entendido la relación entre Eden y Marcus ni la de éste con su madre. No había habido afecto entre ellos, pero Marcus se había casado con ambas mujeres.

Apartó aquella idea de su mente y miró calle abajo, donde vio con alivio que Eden había llevado a Jacob consigo. Tal vez su presencia tuviera un efecto tranquilizador en su madre. Los dos esperaban en la acera al lado del edificio de ladrillo que albergaba el despacho de abogados.

—Hola, Jacob —los saludó Leigh—. Eden.

El chico se volvió y sonrió ampliamente.

—Hola, Hayley. ¿Dónde está tu sombra?

Aunque se había criado con ellas, Jacob seguía sin poder distinguirlas. Leigh estaba acostumbrada, por lo que sonrió con malicia.

—Como de costumbre, no has acertado. Ahí llegan Hayley y Bram.

La pareja había dado un paseo por Stony Ridge mientras Leigh se cortaba el pelo y se acercaban de la mano. Jacob lanzó un gemido.

—¿Tú también te has cortado el pelo?

47

¡Ahora que por fin podía distinguiros!

Eden lanzó un bufido.

—Yo voy a entrar, no soporto este calor.

Tendió la mano hacia el picaporte y Jacob levantó los ojos al cielo detrás de ella, pero corrió a sujetarle la puerta.

Leigh sonrió. Jacob caía bien a todo el mundo. Incluso Bram, que al principio se había mostrado celoso de él, había llegado a aceptarlo después de que Jacob parara una bala destinada a Hayley. A Leigh le costaba creer que hubiera llegado a declararse a su hermana, pero Hayley estaba convencida de que sólo lo había hecho para protegerla de Bram.

Jacob había asumido con ellas el papel de hermano mayor desde el principio. Eden había sido enfermera de su padre desde antes de que ellas nacieran, por lo que Jacob pasaba también mucho tiempo en la casa, sobre todo en verano y en vacaciones escolares.

Dentro del edificio se encontraron con un despacho acogedor. En la sala de espera había sillas cómodas, una cafetera y una bandeja con galletas. Eden se acercó enseguida a la recepcionista como si no tuviera un segundo que perder y Hayley guiñó un ojo a Leigh.

—¿Qué opinas del pelo corto? —le preguntó.

—Me encanta —sonrió Leigh.

—A mí también. Aunque creo que a Bram no tanto.

—Eh, te dije que me gustaba —protestó él.

—También me dijiste que te gustaba mi pelo largo.

—Y es verdad —sonrió él—. A mí no me importaría que fueras calva.

Leigh sonrió para sí y pensó que su hermana había sabido elegir bien.

Un momento después, la recepcionista los precedía por un pasillo corto y abría una puerta. Bram se hizo a un lado y dejó pasar a Hayley y luego a ella.

Leigh se detuvo en seco al entrar en la estancia y Bram chocó con ella, que apenas se dio cuenta. Sólo tenía ojos para el hombre sentado detrás del escritorio.

—Hola, Leigh.

La voz grave de Gavin Jarret hizo que le diera un vuelco el corazón. Apenas había podido dejar de pensar en él desde el cementerio, pero no esperaba verlo allí.

—No me digas que has vuelto a meterte en líos —comentó.

Él sonrió.

—Ahora estoy al otro lado de la mesa. Tú me dijiste que hiciera algo con mi vida, ¿recuerdas?

Leigh se ruborizó. Él estaba de pie detrás del escritorio, vestido con un traje conservador en vez de vaqueros.

—¿Eres abogado?

Él frunció los labios.

—A veces también a mí me cuesta creerlo.

Abogado. La palabra no tenía sentido. Aunque vestía como tal, el chico malo del condado seguía presente en su postura relajada y segura. Y sus ojos parecían tener todavía el poder de atravesar la superficie y leer todos sus pensamientos.

—¿Leigh?

Su hermana se había colocado a su lado con aire protector. Y Bram hizo lo mismo al otro lado. Pero ella no necesitaba que nadie la protegiera de Gavin. Ya no.

—¿Por qué no se sientan? —los invitó Gavin.

—Vamos, Leigh, presta atención. ¿No has oído que la chica nos ha dicho que el señor Rosencroft murió la semana pasada? —preguntó Eden.

Leigh parpadeó y la miró. Eden había usurpado la silla del centro el escritorio y la miraba con impaciencia.

—No, no lo he oído —repuso.

—Bien, siéntate. Tengo mucho que hacer hoy. El señor Jarret y tú podéis dejar vuestras discusiones privadas para después de esta reunión.

El silencio de Gavin decía más que las palabras. La miró como si fuera una curiosidad desagradable y la expresión de Eden vaciló un poco. Jacob se movió incómodo a su lado. Después de una pausa, Gavin miró a Hayley.

—Señorita Thomas, si...

—Creo que eso resulta un poco pretencioso, ¿tú no? Sigo siendo Hayley.

Gavin inclinó la cabeza.

—Si no les importa sentarse, podemos empezar.

Leigh sonrió y se sentó en la silla más alejada del escritorio, mientras se recordaba que ya no tenía diecisiete años y podía ser una mujer sofisticada capaz de controlar cualquier situación.

Gavin empezó a repartirles carpetas. Cuando llegó a su lado, Leigh consiguió sonreír y él volvió rápidamente a su mesa.

—El señor Rosencroft llevaba tiempo enfermo y en los últimos meses he sido el único abogado del despacho. Estoy familiarizado con la propiedad y los distintos testamentos y dispuesto a administrar los bienes, aunque, por supuesto, pueden pedir que el tribunal asigne esa función a otra persona. Si lo hacen así, lo comprenderé.

Leigh le sostuvo la mirada sin parpadear y nadie dijo ni una palabra.

—Las carpetas que he pasado contienen copias del acuerdo al que llegó vuestro abuelo, Dennison Barkely Hart, con este despacho. Hay una copia de su testamento, así como una copia del de vuestra madre, Amy Lynn Hart Thomas.

—¿Y de Marcus? —preguntó Eden con brusquedad.

—También. Sin embargo, es un testamento muy viejo y puede que sea buena idea asegurarse de que no hizo otro en otro lugar que pueda anular éste.

—Ridículo. Éste es el despacho de la familia.

Pero Marcus no había formado parte de la familia en el sentido estricto.

—Lo siento, señora Thomas —dio Gavin—. He revisado concienzudamente nuestros archivos y no he encontrado nada más reciente.

Eden se inclinó hacia delante.

—Vamos a dejar algo claro, señor Jarret, no voy a tolerar que me quiten lo que es mío. Mi esposo estuvo casado con Amy Hart durante más de veinte años y no se divorció de ella hasta después de su desaparición. Tiene derecho a la mitad de sus bienes porque estaban casados cuando ella desapareció...

—Señora Thomas...

—Si intenta robarme lo que es mío, impugnaré el testamento de Amy.

—Está en su derecho, señora Thomas, pero debo decirle que estos testamentos se hicieron a conciencia y si mira...

La expresión de Eden se volvió astuta.

—Dudo que el testamento de Amy se sostenga cuando no estaba en su sano juicio.

Hayley se levantó de un salto.

—¡Cómo te atreves!

—No pretendo faltarle al respeto —dijo Eden—, pero todo el mundo sabe que a tu madre la destrozó la muerte de su padre. Hasta la policía cree que por eso desapareció en Nueva York. Estaba demasiado alterada para hacer nada lógico.

Bram le puso una mano a Hayley en el brazo y Gavin tomó la palabra.

—La salud mental de Amy Thomas no supone ninguna diferencia para la propiedad de Heartskeep.

—Claro que sí. Como esposo suyo, Marcus tenía derecho a la mitad.

—Antes de que entremos en eso, permítame explicarle que los bienes de Amy Thomas no incluían Heartskeep —dijo Gavin.

Eden palideció.

—¿Qué quiere decir?

—Madre, si te callas y escuchas cinco minutos, todos lo sabremos —explotó Jacob.

Eden miró a su hijo, tan sorprendida como todos los demás por aquellas palabras. Bram tiró de Hayley para que volviera a sentarse y le puso una mano en el brazo.

—Antes de su muerte, Dennison Hart estuvo bajo los cuidados de un médico —dijo Gavin—. Aquí consta una declaración jurada de éste referente a su estado mental en el momento en que firmó el testamento. Las condiciones son bastante explícitas. Amy Hart Thomas quedó desheredada el día en que se casó con Marcus Thomas.

—¡Eso no puede ser!

—Me temo que sí, señora Thomas. Esa cláusula no se revocó nunca, aunque el señor Hart revisó varias veces su testamento después del original. Amy recibiría una pensión generosa mientras viviera. Heartskeep y el terreno circundante pasaban a la primogénita de Amy, en este caso, Hayley Hart Thomas.

—¡Eso es un ultraje! —Eden se levantó de un salto y apretó los puños con rabia—. Mi abogado investigará eso.

—Por supuesto. Está en su derecho. Pensaba aconsejarle que buscara otro asesor legal. En su carpeta está mi tarjeta —dijo Gavin con calma—. Dígale a su abogado que me llame con cualquier pregunta que tenga.

—Madre, siéntate y déjale terminar —intervino Jacob.

La mujer se volvió hacia él furiosa.

—Esto es cohecho. No se saldrán con la suya.

Salió de la estancia sujetando la carpeta contra su pecho. Jacob se levantó también, con aire avergonzado.

—Lo siento.

—Tú no tienes de qué disculparte —le aseguró Hayley.

—Gracias. Más vale que vaya con ella.

Cuando salió, hubo un momento de silencio.

—Yo tenía la impresión de que los términos del testamento de vuestro abuelo eran de dominio público —dijo Gavin.

—Yo pensaba lo mismo —respondió Hayley—. Mamá y el abuelo nos lo contaron hace tiempo. Y Marcus lo sabía.

—Supongo que olvidó mencionárselo a Eden —dijo Leigh.

Gavin la miró y ella sintió un momento de vértigo mientras se le contraían los músculos del estómago.

—El señor Rosencroft decía que vosotras entenderíais la decisión de vuestro abuelo.

—Desde luego —asintió Hayley con amargura—. Lo que nunca entendí fue por qué mamá se casó con Marcus. ¿Qué ocurre si yo rehúso la casa?

Leigh dio un respingo. Hasta Bram pareció sobresaltarse.

—¿Qué estás diciendo? —preguntó la primera.

Bram la tomó por los hombros y la obligó a mirarlo.

—No hagas esto, Hayley. No lo hagas por mi causa.

—No es por eso, Bram, te lo juro. Quiero que la casa sea de Leigh. A mí ya ni siquiera me gusta —se estremeció—. Y no sólo por lo que pasó —miró a Leigh—. Para mí dejó de ser mi casa el día que desapareció mamá y no me imagino viviendo allí. Mira, no me gustaría verla aún más deteriorada, pero si tú la rechazas, seguramente será eso lo que pase.

—Pero nada de presiones, ¿eh? —musitó Leigh—. ¿Qué te hace pensar que la quiera yo?

Gavin se recostó en su silla y las miró un momento.

—Me parece que ni Dennison ni Rosencroft anticiparon esto. ¿Estás segura, Hayley?

—Segurísima.

—¿Leigh?

—No sé. Nunca había pensado en ello. Mamá siempre dijo que un día sería de

Hayley y a mí me parecía bien. ¿Qué voy a hacer yo con un sitio tan grande?

—Para empezar —intervino Hayley—, ya que Eden ha contratado a R.J. Monroe para reparar los daños del fuego, creo que debes decirle que tire las paredes de arriba y vuelva a dejar la casa como se diseñó en un principio.

—Un momento —la interrumpió Gavin—. Quiero estar seguro de que entiendo tu posición. ¿Declinas esa parte de tu herencia?

—La casa y el terreno sí. Perdí toda simpatía por el sitio después de quedarme atrapada en la consulta de Marcus rodeada por las llamas.

Bram le apretó la mano y Leigh cerró los ojos y pensó en lo cerca que había estado su hermana de morir por los pecados de su padre.

—¿Leigh? —preguntó Gavin.

Abrió los ojos y miró a Hayley.

—Podías haberme dicho que ibas a hacer esto. Yo tampoco la quiero.

—Entonces la regalaremos a una asociación de caridad.

—A mí me parece bien, pero al abuelo le daría algo si lo supiera.

—Está muerto. Pero tienes razón —sintió Hayley de mala gana—. Él adoraba Heartskeep.

Leigh comprendió que Bram nunca se sentiría cómodo si Hayley aceptaba la casa. Probablemente, nunca le pediría que se casara con él. Ya toleraba a duras penas que fuera rica y no le gustaría nada vivir en Heartskeep.

—Tengo una idea —dijo—. Acepto la casa siempre que se la pase a tu hijo primogénito.

—¡Hecho! —Hayley miró a Bram aliviada—. Y aunque me gusta la verja que hiciste, quiero esos barrotes fuera de las ventanas y que los leones vuelvan a su sitio. ¿Verdad, hermana?

—¿Leones? —preguntó Gavin.

—Dos leones de piedra que estaban antes en las columnas de ladrillo donde Marcus y Bram pusieron la verja de hierro.

—Ya me acuerdo. ¿Leigh? —repitió Gavin.

—Mi madre amaba Heartskeep tanto como mi abuelo. Cuidaré de la propiedad por ellos.

—Gracias, hermana.

Gavin frunció el ceño.

—Me temo que tendrás que aceptar la propiedad y luego regalársela a tu hermana, Hayley. Tú saldrás bien parada con los impuestos, pero ella tendrá que pagar

—Muchas gracias.

—Los pagaré yo —prometió Hayley.

—Tendré que preparar los papeles.

—Estupendo. Ya me siento veinte kilos más ligera —sonrió Hayley.

Leigh no quiso comentar que ella se sentía cincuenta kilos más pesada.

—Ah, lo siento, pero me temo que aún no hemos terminado —dijo Gavin.

—El testamento de Marcus.

—Eso también. Aunque ahí no os toca mucho. Declara que no necesitáis su dinero y que, por lo tanto, se lo deja todo a Eden Voxx.

—Bien —musitó Hayley—. Así estará contenta.

—¿Ningún problema entonces?

—Con nosotras no —le aseguró Hayley, que miró a su hermana en busca de confirmación.

Leigh asintió con la cabeza.

—Entonces sólo queda otro tema —la expresión de Gavin se volvió seria—. Sabéis que Marcus estaba al cargo de cuidar de Heartskeep bajo la supervisión de este despacho. Lo que quizá no sepáis es que el señor Rosencroft estuvo en silla de ruedas los últimos dos años y medio y que antes tampoco salía mucho.

—Lo sé —dijo Hayley—. Y Marcus nunca se molestó en cuidar de los edificios ni del terreno.

—No —asintió Gavin—. Pero sí pasó facturas de cientos de miles de dólares por reparaciones que nunca llevó a cabo.

—¿Qué? —preguntó Hayley.

—En las carpetas tenéis copias de los recibos. La de Eden no contiene esa información.

—¿Marcus le robó a la propiedad? —preguntó Hayley.

—El señor Rosencroft transfirió varios cientos de miles de dólares a una cuenta de Marcus poco después de la desaparición de tu madre. Y pagó todas las facturas que le presentó sin enviar a nadie a comprobar si se hacía el trabajo o no. Yo no me di cuenta de que algo iba mal hasta que pasé un día por la entrada de vuestra casa y recordé que acabábamos de pagarle a Marcus una fortuna por hacer un camino de piedra nuevo hasta la casa que no había hecho.

Levantó un montón de papeles.

—Me temo que todas estas facturas son falsas. Algunas de estas empresas ni siquiera existen.

Leigh miró las fotocopias en su carpeta y asintió.

—Seguramente no.

—Creo que os han defraudado más de seiscientos cincuenta mil dólares.

Hayley dio un respingo. Bram, sentado

en silencio a su lado, le cubrió la mano con la suya.

Gavin miró a Leigh.

—Tendremos que trabajar juntos en esto. ¿Crees que puedes?

A ella le dio un vuelco el corazón. Levantó la barbilla y lo miró a los ojos.

—Por supuesto. ¿Y tú?

Capítulo tres

Heartskeep se elevaba desafiante contra el cielo. Leigh miró la mansión amplia y en otro tiempo elegante y pensó qué habría sido del aura de calidez que había proyectado en otro tiempo. Sospechaba que había desaparecido con su madre.

Los obreros reparaban el ala dañada por el fuego y había camiones de todo tipo en la parte delantera. Leigh llevó el coche a la parte de atrás. Quería hablar con R.J. y pedirle que empezara por arreglar los baches del camino.

R.J. era un par de años más joven que Gavin y también había estado acogido en casa de los Walken. Leigh lo recordaba vagamente como un adolescente callado. Alto y moreno, estaba más delgado que Gavin pero era igual de guapo. Se había quedado huérfano joven y, después de una serie de malos tratos en casas de acogida, había desarrollado un problema serio de disciplina. Por suerte para él, había terminado bajo la supervisión de George y Emily Walken, quienes habían alentado su necesidad de trabajar con las manos.

Leigh aparcó, salió del coche y se quedó mirando la casa. La sensación siniestra era más fuerte allí y los barrotes que había instalado Bram en las ventanas no ayudaban nada. Su hermana estaba en deuda con ella por aceptar la mansión.

Gavin había pasado una hora el día anterior revisando con ellas los detalles de la casa y el dinero. La multitud de facturas falsas mostraban todo tipo de reparaciones que no se habían hecho, pero que eran muy necesarias. Restaurar la casa por dentro y por fuera exigiría una gran cantidad de tiempo y dinero. A ella no le importaba gastar ambas cosas, pero había estudiado telecomunicaciones e informática y ninguna de las dos cosas le servirían de mucho en aquella zona de caballos, pero esa mañana había llamado para rechazar la última oferta de trabajo que le habían ofrecido en Boston porque sabía que tendría que estar pendiente de las obras.

Se apartó de la casa y buscó la paz de los laberintos del jardín. Gavin no llegaría hasta veinte minutos más tarde y ella necesitaba pensar. Había dicho a su hermana y a los Walken que no le importaba trabajar con él, pero en el fondo no estaba tan segura. ¿Por qué tenía que ser tan guapo?

Tropezó con una enredadera que se había

abierto paso hasta el camino y miró a su alrededor con desmayo. Los jardines estaban aún en peores condiciones que la casa.

En otro tiempo había habido tres laberintos distintos. Su abuelo hacía podar los setos a la altura de la cintura y los callejones sin salida culminaban en círculos amplios con bancos invitadores, árboles ornamentales y profusión de flores. La fuente y el sistema de aspersores, planeados antes de la muerte de su abuelo, habían sido instalados la semana en que desapareció su madre.

Los laberintos habían sido una maravilla, pero, a pesar de las facturas que indicaban lo contrario, no se había trabajado nada en ellos desde que se instalara la fuente. Los setos que formaban las paredes medían ahora más de un metro ochenta. En varios lugares habían invadido los senderos y las flores habían desaparecido o habían sido reemplazas por las rosas de Marcus.

A pesar de ello, Leigh casi podía sentir la presencia de su madre en los jardines y no podía evitar pensar lo que pensaría si pudiera ver su estado actual. Decidió contratar enseguida a un paisajista.

Una ardilla echó a correr delante de ella, como si estuviera en peligro mortal. Leigh comprendió que se había metido por error en un callejón sin salida y, al girar para volver atrás, oyó unos pasos que se acercaban. Una forma grande le bloqueó el paso.

—Hola, Leigh.

Tardó un minuto en identificar aquel rostro familiar. Cuando lo hizo, sonrió sin humor.

—¿Nolan?

Nolan Ducort III era la última persona a la que esperaba encontrarse allí. Su atractivo rubio empezaba a disiparse a la par que su pelo. Su mandíbula, antes firme, se había suavizado y redondeado, a causa de los veinte kilos o más que había engordado desde la última vez que lo viera. Sólo sus ojos eran los mismos. Fríos y de un tono azul poco natural debido a las lentillas, la miraban de un modo que le daba escalofríos a pesar de la ola de calor.

—¿Te ha comido la lengua el gato?

—Me has asustado —repuso ella nerviosa y muy consciente de pronto de lo silencioso que se había vuelto el laberinto—. Me sorprende verte aquí.

Él se acercó más y ella retrocedió un paso involuntariamente. Al instante supo que había cometido un error. Los ojos de él brillaron de triunfo y ella se encontró en uno de los círculos sin salida.

—Tú y yo tenemos un asunto pendiente.

A Leigh se le encogió el estómago. No

podía ser que Nolan quisiera atacarla en su propio jardín.

Respiró hondo y levantó la barbilla como había visto hacer a Hayley muchas veces cuando se enfrentaba a una persona enojosa. Miró a Nolan con frialdad y detuvo la vista unos segundos más en la barriga que había empezado a crecerle por encima del cinturón.

Nolan se ruborizó y ella, convencida de que los kilos de más lo frenarían cuando saliera corriendo, hizo una mueca.

—Piérdete. A menos que quieras empezar a atender tus asuntos desde la cárcel.

Él la miró un momento sorprendido y luego su rostro se endureció.

—Los dos sabemos que no vas a ir a la policía o lo habrías hecho ya —dijo.

Por supuesto, tenía razón. Los dos sabían lo que había intentado aquella noche y los dos sabían que era imposible probar nada.

—¿Quieres decirme qué hacías el otro día en Saratoga?

La pregunta la pilló por sorpresa. Y no tenía sentido.

—¿Saratoga? Hace años que no voy por Saratoga.

—¿Vas a intentar fingir que era Hayley?

Leigh no sabía de lo que hablaba y no le importaba. Sólo quería que se apartara del claro para poder escapar.

—Vete, Nolan.

Él levantó la cabeza y Leigh sintió un escalofrío al ver la furia que expresaban sus ojos azules. A pesar de su determinación de no mostrar miedo, apartó la vista.

—Ahora siento curiosidad —dijo él con frialdad—. Me pregunto qué es lo que intentas ocultar.

Leigh seguía sin saber a lo que se refería, pero no quería discutir. Lo único que importaba era salir de allí.

—Piérdete, Nolan. Lo digo en serio. No tienes nada que hacer aquí.

—En eso te equivocas. En este momento estamos trabajando juntos —sonrió con maldad—. Por si no lo sabías, tengo intereses en la empresa de construcción de R.J. Tengo intereses en distintos negocios de la zona —prosiguió, al ver que ella guardaba silencio—. De hecho, me parece que podrías usar los servicios de mi empresa de jardinería —señaló los setos con una mano flácida.

—Ni aunque fuera la única en el pueblo. No te tengo miedo —mintió ella—. Sé muy bien lo que hiciste.

Los ojos de él brillaron con una furia asesina. Leigh se clavó las uñas en la palma de la mano.

—¿Y por qué no llamas a la policía? —preguntó Nolan—. Ya veremos a quién de los dos creen.

—Conozco muy bien la influencia política de tu familia y me da igual que tu padre y el jefe Crossley sean viejos amigos o a todos los políticos que haya comprado. ¿De verdad te crees que eres invencible? Hasta tú tienes que darte cuenta de que no puedes comprarlo todo.

La furia lo acercó un paso más a ella, que tuvo que recurrir a toda su fuerza de voluntad para no retroceder.

—No intentes jugar conmigo, Leigh. No sabes dónde te metes.

—Vete de aquí.

—Todavía no hemos terminado. No creas que he olvidado cómo me dejaste en ridículo hace siete años.

—¡Oh, por favor! Para eso no necesitabas mi ayuda.

No había sido su intención decirlo en voz alta y al instante supo que había ido demasiado lejos. Nolan fue a agarrarla y cuando Leigh lo esquivaba, oyó la voz de Gavin.

—Creía que habías entendido lo que ocurriría si volvías a tocarla, Ducort.

Nolan se volvió sorprendido.

—¿Jarret?

Leigh suspiró aliviada. Había llegado la caballería.

—O quizá necesites que te lo recuerde —añadió Gavin con voz peligrosamente suave.

No había fanfarronería en su modo de acercarse. No era tan grande como Nolan, pero parecía más alto y mucho más peligroso. Parecía dominar el espacio con mucha seguridad. Los vaqueros desgastados y la camisa con el cuello abierto acentuaban su constitución musculosa. Sus manos colgaban sueltas a los lados, pero su aire casual resultaba más amenazador que una pose chulesca.

Nolan no era tonto. En el terreno físico, sabía que Gavin podía darle una paliza sin ni siquiera despeinarse.

—Te lo advertí una vez y tenías que haberme escuchado. Yo nunca amenazo en broma, Ducort.

Nolan empezó a retroceder; se detuvo cuando la parte de atrás de sus rodillas chocó con el banco de cemento colocado debajo de un arce grande. Sus mejillas se sonrojaron y miró a Leigh con malicia.

—Si tu gorila me pone la mano encima, te demandaré por todo el dinero que has heredado.

—Si quieres demandarla, te daré una de mis tarjetas —repuso Gavin—. También soy su abogado.

No hizo ademán de llevar la mano al bolsillo y la mirada de Nolan pasó de uno a otro. Su furia era tan tangible como el silencio que se había instalado en el claro. Al final optó por mirar a Leigh de hito en hito.

—No sé cuál es tu juego, perra, pero a mí no me jode nadie.

—Eso no me extraña nada —murmuró ella.

Nolan, loco de furia, hizo ademán de abalanzársele, pero Gavin reaccionó con tal rapidez que Leigh sólo tuvo tiempo de lanzar un respingo. El abogado desapareció rápidamente para dar paso al guerrero de la calle que había sido Gavin. Agarró a Nolan por la camisa y lo empujó contra el seto.

—Esto te va a costar caro —le prometió.

Nolan lanzó un grito. Una sombra apareció en la entrada al claro. Bram Myers vestía camisa y pantalón vaquero negros y parecía muy relajado mientras bloqueaba la única salida.

—¿Algún problema, Gavin? —preguntó con ligereza.

El aludido seguía con la vista clavada en Nolan. Soltó la camisa con lentitud deliberada y retrocedió un paso.

—Ninguno. Estaba explicando algunos hechos básicos al señor Ducort.

—Te denunciaré por asalto y golpes —amenazó Nolan. Se estiró la camisa con dedos temblorosos y miró a Leigh de un modo que hizo que se le encogiera el estómago.

—¿A qué asalto se refiere? —preguntó Bram—. A mí me parece que tiene muy buen aspecto para acabar de recibir una paliza.

Nolan lo miró con rabia impotente.

—Me las pagaréis —escupió—. Me las pagaréis todos.

—Ah. Eso sí ha sonado a amenaza —comentó Bram.

—El único que va a pagar algo aquí serás tú, Ducort —dijo Gavin.

Bram entró en el círculo, como si él también temiera que Gavin perdiera el control, y Leigh decidió intervenir antes de que alguien acabara herido.

—Nolan ya se iba —dijo—. ¿No es así?

—En ese caso, lo acompañaré a su coche, señor Ducort —comentó Bram—. No quiero que tropiece y se caiga por el camino, y me parece que no es bienvenido en Heartskeep.

Por un momento, Leigh creyó que Nolan iba a explotar de la furia que tan claramente se percibía en su rostro, pero se alejó sin decir palabra y sin mirar atrás.

Bram y Gavin se miraron en silencio. El primero asintió y siguió a Nolan. Gavin se volvió hacia Leigh.

—¿Te ha tocado? —preguntó.

71

—No.

Él siguió observándola y ella, que sentía las rodillas temblorosas, cruzó los brazos sobre el estómago en ademán protector.

—Siéntate —ordenó él.

Las manos que la guiaron hasta el banco eran sorprendentemente tiernas. Había olvidado que tenía unas manos tan grandes. Cálidas, con los dedos largos de un músico. Curiosamente, su contacto ayudó a disipar los escalofríos que le ponían los pelos de punta.

—Estoy bien —dijo.

—Ya lo sé.

A Leigh se le aceleró el pulso. Movió la cabeza y se dijo que imaginaba cosas. Gavin no se interesaba por ella.

—¿Tienes la costumbre de rescatar a mujeres en apuros?

—Generalmente no.

—¿A qué te referías con eso de que ya se lo habías advertido?

Los ojos de él se volvieron duros.

—A nada que deba preocuparte.

Leigh movió la cabeza.

—Hace siete años fuiste a por él, ¿verdad? Claro que sí. Por eso tenías cortes en los nudillos cuando te detuvieron y por eso estaba tan segura la policía de que habías pegado al pobre señor Wickert.

Gavin le apretó el hombro.

—Olvídalo, Leigh.

—Pero...

—Tú no quisiste denunciarlo, ¿recuerdas? Ni siquiera quisiste que denunciáramos que te había drogado.

—No tenía sentido. Su familia tiene mucha influencia en este condado. Sabes que la policía no nos habría creído. Habrían dicho que tú me habías puesto la droga en la bebida.

—Lo sé —dijo él; la soltó y se frotó la barbilla—. En eso tienes razón.

Leigh sabía que había tenido suerte. Si Nolan hubiera podido echarle la droga en la cerveza que había tomado primero en lugar de en la limonada, la noche podía haber sido muy diferente.

—Cuando los Walken vinieron a buscarme, tú te fuiste a por Nolan y le diste una paliza —dijo.

—Yo no lo diría así —repuso él—. Ducort y yo tuvimos unas palabras e intercambiamos algunos golpes para añadir énfasis, nada más.

—Pero...

—Leigh, Ducort era peligroso entonces y lo es ahora. Se esconde detrás del dinero y la posición de su familia. Tú no quieres tener nada que ver con él.

73

—En eso tienes razón.

—Me alegra que estemos de acuerdo. Por eso vas a dar los pasos legales adecuados para evitar convertirte de nuevo en su víctima. Conozco a una juez que te dará una orden de alejamiento inmediatamente con sólo mi corroboración.

—¿No podemos ignorarlo y en paz?

Gavin le tocó el brazo de nuevo y ella notó como una corriente eléctrica. Él apartó la mano, como si también la hubiera notado.

—Volverá, Leigh.

—Eso es una locura.

—No. Es astuto y rico y está acostumbrado a salirse con la suya, pero no está loco. No olvides eso. Ducort tiene inversiones en muchas empresas de la zona, de construcción, jardinería, inmobiliarias...

—A mí me ha dicho que tiene relación con la empresa de R.J.

—Hablaré con él.

—¡Espera! —Leigh tendió la mano, pero se detuvo antes de tocarlo—. No quiero causarle problemas a R.J.

—No se los causaremos.

—Él no tiene la culpa de que Nolan sea un gusano.

—Una descripción apropiada.

—Y una orden de alejamiento no le impedirá acercarse. Tú lo sabes.

—Deja que yo me preocupe de eso.

—Ahora eres un abogado respetado. No puedes ir a darle una paliza.

Gavin la miró con regocijo.

—¿Te preocupo yo o él?

—No digas tonterías —Leigh se levantó y él no se apartó, por lo que quedaron muy cerca, lo bastante para oler su loción de afeitado, y la distracción casi le hizo olvidar lo que iba a decir—. Nolan no vale la molestia que causaría.

Los ojos grises de él se volvieron plateados. A ella le latió con fuerza el corazón. Gavin tendió la mano y le tomó la barbilla. La carga de corriente invisible fue esa vez más fuerte e intensamente sensual.

—Intentará hacerte daño.

La sonrisa empezó en los ojos de él y se esparció lentamente hasta abarcar su rostro. Leigh se estremeció; nunca lo había visto sonreír así.

—Pero no creo que lo consiga —terminó.

Ella se rebeló al instante.

—¡Oh, por el amor de Dios! Tú mismo acabas de decir que Nolan es peligroso. Tú no eres invencible, ¿sabes?

—Tu falta de fe me destroza —la sonrisa de él desapareció, pero su regocijo continuó—. Ducort intentaría hacerme daño a mí si creyera que podía, pero creo que es lo bastante listo para no intentarlo. Prefiere presas más fáciles.

—Como yo.

—Tú fuiste la que se le escapó.

—Nos escapamos los dos.

Bram reapareció en ese momento.

—Ducort se ha marchado por el camino a cien por hora. Con suerte, se estrellará antes de salir a la carretera. Le he dicho a R.J. que llame a la policía si vuelve.

—R.J. trabaja para él —protestó Leigh.

—No es cierto —dijo Gavin—. Ducort puede haberle hecho un préstamo, pero R.J. trabaja para sí mismo —miró a Bram—. Voy a acompañar a Leigh al pueblo y pedir una orden de alejamiento. Eso lo enfurecerá. Tendremos que proteger a Leigh y Hayley.

La joven respiró con fuerza. Bram adoptó un aire fiero.

—¿Hayley? —preguntó.

—Yo no apostaría mucho a que pueda diferenciarlas —explicó Gavin.

—Teníamos que haberle dado una paliza.

—Estoy de acuerdo —musitó Gavin—. Desgraciadamente, ahora tengo que jugar según las reglas.

—Él no lo hará —declaró Bram.

—Lo sé.

—Yo no tengo ese problema.

—Bram Myers, no se te ocurra mezclarte en esto —le advirtió Leigh—. Nolan no tiene nada que ver contigo.

—Si os amenaza a Hayley y a ti, sí —repuso él.

La joven miró a los dos hombres.

—¿Pero se puede saber qué os pasa? ¿Siempre os tenéis que hacer los machos?

Bram la miró sorprendido.

—Definitivamente, está emparentada con su hermana —dijo.

Gavin sonrió.

—Esa fama de callada y tranquila es muy relativa, ¿eh?

Leigh lo miró con rabia y se alejó sin responder. Los dos hombres la siguieron de cerca.

—Interesante tatuaje —comentó Gavin a Bram.

—A Hayley le gusta —repuso él.

Leigh quería gritarles a los dos; por suerte, en ese momento vio a su hermana y a Emily, que aparcaban en la parte de atrás y les contó lo sucedido.

—¡Es un miserable y una escoria! —declaró Hayley con calor—. Alguien debería caparlo de por vida.

Gavin miró a Bram con las cejas levantadas.

—Vivo aterrorizado —dijo éste; pasó un

77

brazo por los hombros de Hayley.

—Más te vale —le advirtió ella—. Recuerda que ya te quitaste el traje de superhéroe, no te acerques a Nolan.

—Siempre que él no se acerque a Leigh ni a ti, por mí de acuerdo.

—Leigh y yo vamos al pueblo a pedir la orden de alejamiento —anunció Gavin—. Llamaré al despacho de la juez Armstrong desde el coche.

Nolan hervía de rabia al alejarse de Heartskeep. A él no le daba miedo ningún gamberro sólo porque hubiera ido a la facultad de derecho. ¿Quién se creía Jarret que era para meterse con él? Era la segunda vez que ese bastardo se metía donde no lo llamaban y necesitaba una lección.

Pisó los frenos para evitar el remolque de caballos que apareció de repente delante de él. Odiaba los caballos, los odiaba y los temía. Los malditos propietarios de caballos se creían los dueños del condado. Apretó con fuerza el volante. Jarret lo había dejado en ridículo siete años atrás delante de sus amigos. Cuando descubrieron que se había largado con su premio, Keith Earlwood y Martin Pepperton se mostraron tan deseosos de venganza como él mismo. Después de un par de canutos y unas cuantas cervezas, decidieron que esa noche llevarían a cabo un robo y lo prepararían para que pareciera que había sido él. Todo el mundo sabía que el jefe de policía odiaba a los gamberros que acogían los Walken.

Tenía que haber sido fácil, pero el viejo Wickert llegó temprano a casa y los sorprendió dentro. Y entonces Nolan no tuvo más remedio que golpearlo un par de veces.

Después todos pasaron miedo. Sobre todo cuando se enteraron de que el viejo se había muerto. No tuvieron tiempo de dejar las pruebas que acusarían a Jarret. Keith tenía tanto miedo que se mojó los pantalones y les costó mucho tranquilizarlo y convencerlo de que ellos no habían tenido la culpa del infarto. Además, un cargo de asesinato era mejor que uno de robo, por lo que Martin procedió a llamar a la policía para decir que había visto a Jarret cerca de la casa.

Nolan no esperaba en absoluto que Jarret lo estuviera esperando cuando llegó a su casa. El bastardo le dio tal paliza que estuvo días sin poder moverse y, sin embargo, la única marca que tenía eran los golpes en los nudillos con los que había pegado al viejo.

Cuando la policía detuvo a Jarret, se dijo que había sido un precio pequeño, pero luego la zorra aquella sorprendió a todo el mundo al ofrecerle una coartada.

Nolan apretó los dientes con frustración. Se vengaría de los dos, pero antes tenía que averiguar qué juego se traían ahora. Era evidente que Leigh lo había visto en el establo con Martin. ¿Por qué no había dicho nada?

No habían descubierto el cuerpo de Martin hasta que un mozo de establo encontró a la yegua corriendo libre. Para entonces Nolan se había buscado una coartada y había esperado en vano a la policía todo el fin de semana. La espera lo había puesto nervioso y, cuando al fin se habían presentado en su despacho la tarde anterior, se había asustado, pero ellos sólo buscaban información sobre los enemigos potenciales de Martin... y su abuso de drogas.

Nolan les contó lo que sabía de ambas cosas y dejó caer que él había estado esa mañana con un grupo de ejecutivos conocidos; les dijo que hacía meses que no hablaba con Martin y los policías se marcharon, al parecer satisfechos.

Pero Leigh Thomas lo había visto con la pistola.

Frenó aún más para ampliar la distancia con el remolque. Sin duda ella pensaba que la policía no le haría ningún caso si les contaba lo que había visto. Todos sabían lo que opinaba el jefe Crossley de las gemelas

Thomas y los policías tendían a apoyarse entre sí. Los de Saratoga tampoco le harían caso.

Lo importante era saber qué hacía Leigh allí. No podía ser coincidencia. Martin era el único propietario que usaba aquel establo, por lo que ella tenía que haber ido a verlo. ¿Por qué?

¿Y qué pintaba Jarret en eso?

En su mente hervían un sinfín de posibilidades. Hasta unos minutos atrás, ni siquiera estaba seguro de cuál de las gemelas lo había visto en Saratoga. Había ido hasta Heartskeep con el propósito aparente de hablar con R.J., pero con la esperanza de que apareciera alguna de las dos. No había sido fácil esperar hasta la llegada de Leigh, pero había conseguido pillarla a solas.

Tenía que admitir que seguía siendo muy sexy. Conseguía todavía proyectar aquella aura de inocencia que hacía que los hombres quisieran enseñarle algunas cosas. Pero le interesaban más sus asuntos con Martin Pepperton. Eso era un puzle que no podía olvidar. Era evidente que no quería que la policía conociera su presencia en el establo, así que tenía que haber un modo de aprovechar ese hecho.

Ahora que era huérfana del todo, tenía además mucho dinero. No era de extrañar que Jarret volviera a rondarla.

Apretó el volante con rabia. Se vengaría de ese bastardo aunque fuera lo último que hiciera, pero antes tenía que averiguar lo que había habido entre Martin y Leigh.

Sacó su teléfono móvil y pensó si Keith Earlwood seguiría necesitando dinero. Se había puesto pesado últimamente porque esperaba que Nolan lo sacara de su agujero económico. Quizá pudiera echarle una mano después de todo.

Capítulo cuatro

La juez Ellen Armstrong era una mujer de rostro severo cuya actitud estricta ocultaba un lado compasivo. Para Leigh fue interesante ver a Gavin en su capacidad profesional. El chico malo del condado había recorrido un largo camino en siete años. Era evidente que a la juez le gustaba y lo respetaba.

Aun así, fue un alivio salir del tribunal. Según la juez, Nolan sería informado de que iba a haber una vista y Gavin tenía razón. No se tomaría bien la noticia.

—Has estado muy bien —le dijo Gavin cuando se disponían a entrar en el utilitario azul oscuro de él.

—Es curioso, yo pienso lo mismo de ti.

Él sonrió y se sentó al volante.

—¿Te encuentras bien? —preguntó Leigh.

Él puso el motor en marcha.

—Sí, sólo un poco cansada. Y al final no hemos hablado de la casa.

—¿Quieres que paremos a comer algo en la Posada antes de volver? Luego podemos ir a ver la casa antes de que oscurezca. ¿Qué me dices?

—Está bien.

En la Posada había una fiesta privada y el comedor no estaba abierto al público. La Posada era famosa por su comida y mucha gente de por allí acudía de modo regular. El bar estaba también lleno de gente. A Leigh no le importaba la multitud, pero de pronto sintió que se le erizaban los pelos de la nuca. Se pasó una mano por el cuello y comprendió que los observaban.

Miró todos los rostros. Muchos le resultaban familiares y a bastantes los conocía de nombre. La sensación persistía, aunque nadie parecía mirarlos específicamente a ellos.

—¿Qué te parece la comida italiana? —preguntó Gavin.

—Me encanta —repuso ella con rapidez.

—Hay un sitio nuevo en el pueblo que creo que te gustará.

—Vamos —repuso Leigh, impaciente por salir de allí.

Una vez dentro del coche, no pudo evitar mirar atrás para ver si los seguían.

—¿Sucede algo? —preguntó Gavin.

Leigh suspiró.

—Estoy un poco nerviosa.

—¿Te molesta estar conmigo?

—¡Por supuesto que no!

Gavin frunció el ceño.

—Mira, no quiero que tengas miedo de Ducort, sólo que tengas cuidado.

—Yo siempre tengo cuidado.

Pensó hablarle de la sensación extraña que había notado en la Posada, pero no quería que pensara que se asustaba de cualquier cosa. Ya era bastante malo que creyera que temía a Nolan, aunque fuera verdad.

El aroma que los recibió al abrir la puerta del restaurante italiano le recordó que no había comido nada en muchas horas.

El restaurante era pequeño y nuevo, pero todo el mundo parecía conocer a Gavin.

—Como fuera a menudo —explicó él.

—Ya lo he supuesto.

Su esperanza de conversar en serio se vio frustrada por un grupo de adolescentes ruidosos que se sentaron cerca poco después de que los sirvieran.

—Lo siento —dijo Gavin.

—No lo sientas, la pasta es fabulosa.

—La comida es buena. Mario y Kiki acaban de abrir. Yo creo que les irá bien.

—Estoy de acuerdo.

Las adolescentes hablaban de un cantante famoso y el único chico del grupo señalaba todos sus defectos. Leigh se preguntó qué pensaría Gavin si supiera que ella a esa edad siempre había fantaseado con él.

—¿Qué piensas? —preguntó él.

Ella, sobresaltada, buscó algo que decir.

—Que me alegro de no ser ya tan joven.

La expresión de él se volvió sombría.

—Amén.

Guardaron silencio un momento.

—No fue una buena época para ti —dijo al fin ella.

—No —musitó él. La miró un instante—. Después de la muerte de mis padres y mi hermano mayor, estaba furioso con el mundo en general.

—¿Cómo murieron?

—Accidente de coche. Yo tenía trece años.

—Lo siento.

—Es una mala edad para perder a tu familia. Aunque no hay ninguna buena.

Se frotó la mandíbula y tomó su tenedor, aunque no hizo ademán de usarlo.

—La mayoría de la gente tiraba la toalla conmigo después de un tiempo. Y no me extraña, yo estaba furioso y era violento. Y no soportaba que nadie me dijera lo que podía hacer y lo que no.

—Un tipo duro, ¿eh?

Gavin no le devolvió la sonrisa.

—Tenía que serlo. Era un solitario. Los solitarios a menudo se consideran presas. Tenía que demostrar que no lo era y lo hacía.

No sé por qué me acogieron Emily y George, pero ellos fueron lo mejor que podía haberme pasado. Son personas especiales.

—Sí —asintió ella, que comprendía su rabia mejor de lo que él creía—. Yo también me sentía rabiosa cuando desapareció mi madre —pero en vez de buscar pelea, ella se había buscado un chico peligroso con el que salir—. Y Emily y George también nos ayudaron a Hayley y a mí.

Se miraron un momento en silencio, comprendiéndose sin palabras.

Poco después estaban de nuevo en el coche, de regreso a Heartskeep.

—Intenté llamarte después de aquel día —dijo Gavin de pronto, sin previo aviso.

Leigh movió la cabeza. No quería hablar de aquello. Ni siquiera quería pensar en ello. Pero las palabras de él habían creado una pregunta que exigía respuesta.

—¿Para disculparte? —preguntó.

—No —contestó él—. Por lo que me dijiste fuera de la comisaría. Y porque no podía creer que hubieras venido allí sola a enfrentarte al jefe de policía.

Leigh miró su perfil.

—Aquella mañana me sentí humillado y no me gustó —prosiguió él—. Y tampoco me gustó estar en deuda contigo.

—¿Preferías ser un mártir noble?

Gavin se echó a reír.

—¿Sabes que me hice abogado por ti?

—¿Qué?

—Es cierto. Lo que dijiste aquel día me llegó muy adentro. En la universidad fui a hablar con una orientadora, me hizo un test de aptitud y debo decir que, cuando vi «abogado» entre los resultados, me reí con ganas. Pero no dejaba de pensar que sería una ironía del destino y decidí probar. Y en cuanto empecé las clases, me enganché enseguida.

Leigh no sabía qué decir.

Gavin bajó la voz.

—Puede que esto te suene cursi, pero no te he olvidado nunca.

La joven olvidó respirar.

—Tú cambiaste mi vida de un modo que no tienes ni idea.

Ella no quería oír aquello, no quería pensar en aquella noche, pero no sabía cómo cambiar la dirección de la conversación.

—Tú creías que yo era Hayley —susurró. Y comprobó que aquello todavía tenía el poder de herirla.

—Al principio no tenía ni idea de quién eras. George y Emily hablaban a veces de vosotras, pero para mí erais «las gemelas» y punto. Esa noche estabas sola en la oscuridad, con el pelo recogido y parecías muy atrevida y muy sexy. Y mayor de diecisiete años.

Leigh se ruborizó y él le sonrió con gentileza.

—Y aunque me duela admitirlo, la verdad es que no prestaba mucha atención a tu cara. La ropa que llevabas... bueno... todavía la recuerdo.

Ropa de mujer que supiera lo que hacía en vez de una niña asustada.

—Y lo atrevida que fui —recordó ella, avergonzada.

Gavin la miró un instante.

—Eso era la droga. Si lo hubiera sabido...

—No me habrías tocado, lo sé —unos faros la cegaron de pronto—. ¡Cuidado!

Una camioneta roja brillante con cristales ahumados acababa de doblar un recodo de la carretera y se lanzaba sobre ellos después de cruzar la línea central. Gavin giró el volante a la derecha con fuerza. La camioneta se apartó en el último segundo y aceleró. Gavin detuvo el coche en el lateral de la carretera en medio de una nube de polvo.

—¿Estás bien? —preguntó. Sus nudillos estaban blancos de apretar el volante.

Leigh asintió temblorosa.

—¿Has visto al conductor?

Ella negó con la cabeza. Sólo había visto algo rojo brillante.

—Debe estar borracho.

Gavin soltó el volante con lentitud. No había otro coche a la vista.

—Es posible.

Leigh sintió un miedo repentino. No le gustaba el tono de él.

—No pensarás...

—¿Que era Ducort? —preguntó él, sombrío—. No lo sé. Pero tengo intención de averiguarlo.

—¿Cómo?

Gavin le cubrió una mano temblorosa con la suya.

—No te preocupes, esta vez no iré a esperarlo a su casa. Al colegio de abogados no le gustan los miembros que se toman la justicia por su mano. Conozco gente a la que puedo llamar. Veré si pueden descubrir qué coches posee o tiene acceso.

—¿Y si ha sido él?

—Lidiaremos con la situación cuando surja. Todo irá bien.

Leigh sólo se sentía tranquilizada a medias. El corazón le latía aún con fuerza cuando llegaron a Heartskeep. Los obreros se habían marchado, pero Gavin llevó el coche a la parte de atrás de todos modos. La camioneta de Bram ya no estaba allí. Leigh recordó que Hayley y él tenían planes para la noche. El único coche que había era una furgoneta vieja que no reconocía.

Antes de que Gavin parara el coche del todo, se abrió la puerta de atrás de la casa y apareció la señora Norwhich con expresión aterrorizada.

Gavin salió del coche antes de que Leigh tuviera tiempo de desabrocharse el cinturón. El ama de llaves corrió hacia él con el rostro distorsionado por el miedo.

—¡Hay alguien en la casa! Estaba recogiendo mis últimas cosas cuando he oído ruido en la cocina y alguien ha cerrado la puerta de la despensa. Siguen ahí dentro.

—Quédese aquí con Leigh.

—¡Gavin, no!

Gavin ignoró el grito de Leigh y entró en la cocina. Era una estancia larga y espaciosa, con muchas ventanas. Enfrente, a su izquierda, había dos puertas cerradas que atrajeron inmediatamente su atención. Se dirigió a la más cercana.

—Ése es el cuarto de la colada.

Se giró y se encontró a Leigh a sus espaldas. La señora Norwhich estaba detrás de ella.

—Esperad fuera.

—¡No!

Gavin sabía que no serviría de nada discutir, por lo que señaló la puerta cerrada al lado de la primera.

—¿Eso es la despensa?

—No, es el cuarto de baño. La despensa está allí, en el centro. Gavin, ¿y si está armado?

—Entonces más vale que esté dispuesto a cometer un asesinato.

Abrió la puerta de golpe.

—Vacía —anunció.

—No puede ser. Yo he visto cerrarse la puerta —protestó la señora Norwhich.

Gavin no dudaba de ella, su miedo era demasiado evidente. La puerta siguiente a la despensa era una alacena llena de productos de limpieza y allí tampoco había nadie escondido. El cuarto de baño y el de la colada demostraron estar igual de vacíos.

—Gavin, no puedes registrar toda la casa —protestó Leigh—. ¿Sabes lo grande que es? La mayoría de los dormitorios tienen baño adyacente. Si hay alguien aquí, puede esconderse mucho tiempo.

—¿Teléfono?

—En esa pared —señaló ella—. Pero la policía no vendrá hasta aquí.

—Sí vendrá —declaró él con firmeza.

—Pero cuando lleguen, la persona que fuera ya se habrá ido.

—Pero denunciaremos el allanamiento de todos modos.

Leigh movió la cabeza. A la llamada acudieron dos agentes, y sorprendentemente rápido, teniendo en cuenta lo lejos del pueblo que estaba Heartskeep. Les hicieron esperar en la cocina mientras registraban la casa.

—La puerta principal está abierta —dijo uno—. Seguramente ha salido por ahí. Pero las puertas del desván y el sótano están cerradas. ¿Tienen la llave?

La señor Norwhich negó con la cabeza.

—Mi llave maestra no funciona en esas puertas.

—Nadie puede haberlas abierto. El abuelo siempre las tenía cerradas. Se necesita una llave vieja de hierro para abrirlas —dijo Leigh.

—Podemos forzar las puertas si quieren —se ofreció el policía.

—No. Seguramente tiene usted razón y ha salido por la puerta principal.

Gavin estaba de acuerdo y el ama de llaves asintió también.

—¿Qué hay en el sótano? —preguntó el segundo agente.

—La caldera —dijo Leigh—. Es lo único que hay. Y el abuelo usaba el desván como cuarto trastero. Está lleno de muebles viejos y cosas así.

—¿Quiere dar una vuelta por la casa para ver si falta algo?

—No sé si echaría algo en falta. Hace

años que no vivo aquí.

—A mí no me mire —protestó la señora Norwhich—. Yo me ocupo de la cocina y la colada, no salgo de esta zona. La señora contrató a otra persona para el resto de la casa.

Los agentes declararon que no había mucho que pudieran hacer, aparte de rellenar la denuncia. Gavin, frustrado, escuchó su consejo de que volvieran a activar la alarma y tomó mentalmente nota de ocuparse de ello a la mañana siguiente.

—Tengo algo más que añadir a la denuncia —les dijo—. A Leigh y a mí nos han sacado de la carretera de camino aquí.

Les contó lo que pudo sobre la marca y el modelo de la camioneta y el lugar exacto del incidente.

—Tienen ustedes una noche muy movida, ¿eh? —comentó el policía—. Bien, informaremos del incidente, pero si el conductor era un borracho, seguramente estará ya durmiendo en casa.

—Me sorprende que se hayan molestado en venir —declaró Leigh cuando se marcharon—. Entre la desaparición de mi madre y el asesinato de Marcus, no están muy contentos con nadie de Heartskeep .

La señora Norwhich movió su cabeza blanca.

—Ustedes no tienen la culpa de lo que le pasó al señor.

—Gracias, pero no sé si el jefe Crossley opinará como usted.

—Ese hombre es tonto. Todo fachada y sin nada dentro. Si ya no me necesitan, me vuelvo al pueblo

—Siento que se haya llevado ese susto.

—La ayudaré a llevar sus cosas a la furgoneta —se ofreció Gavin.

—Gracias.

Poco después, Leigh y él la veían alejarse por el camino.

—Es un poco rara, pero creo que buena persona —comentó la joven—. Esperemos que no la perdamos también a ella.

—No lo creo. Parece una mujer sólida, aunque se ha asustado. Además, ahora le pagas por no trabajar y creo que seguirá aquí. Pero la policía tiene razón en lo de la alarma.

—Estoy de acuerdo.

—Me gustaría echar un vistazo por la casa

Leigh se puso tensa.

—¿Y si todavía hay alguien dentro? Pronto oscurecerá y creo que R.J. ha cortado la electricidad.

—Un vistazo rápido. No es probable que haya nadie ya.

95

—Por lo menos sabemos que no era Nolan. Suponiendo que fuera el de la carretera, claro. No puede estar en dos lugares a la vez.

—Yo no he dicho que lo fuera, aunque me gustaría saber si tiene una coartada buena para esta hora. Y de todos modos, quiero conocer la distribución de la casa. Nunca he estado dentro.

—De acuerdo, te la enseñaré. Hay once dormitorios, si contamos la suite de mi abuelo como una habitación sola.

—¿Once? ¿Esto era una posada?

—No. Mi tatarabuelo, Woodrow Hart, tenía nueve hijos y ocho empleados cuando construyó la casa original.

—¡Vaya! ¿Y ésta no es la estructura original?

—Más o menos. Creo que parte de la casa principal quedó destruida y se reconstruyó en cierto momento, pero no sé bien cuándo. El abuelo tenía muchos archivos sobre la historia de Heartskeep y de la familia, pero seguramente perdimos la mayoría en el incendio.

El comedor y la sala de estar eran tan impresionantes que Gavin se olvidó del número de dormitorios. Miró la enorme chimenea de piedra que ocupaba la mayor parte de una de las paredes del comedor. A los dos lados había estantes construidos en la pared.

—Es una chimenea de cuidado.

—Tendrías que verla encendida.

Podía imaginarlo. Otra chimenea curva de piedra a juego ocupaba el rincón más alejado de la sala. Detrás de ella se encontraba la escalera principal.

La altura de las dos habitaciones, que se abrían hasta unas claraboyas enormes en el techo, las hacía únicas. La enorme sala estaba abierta a los dos lados, separada de los pasillos por columnas de mármol.

—Sujetan las galerías que rodean las dos habitaciones —le dijo Leigh.

Parecía nerviosa a su lado, lo cual no era de extrañar. Sabía tan bien como él que entre ellos se estaba desarrollando una atracción. Lo cierto era que no había podido dejar de pensar en ella desde que la había visto en el funeral de su padre. Seguía siendo exactamente igual a como la recordaba.

—Todos estos años Hayley y yo creíamos que las barandillas eran sólo de diseño arquitectónico, pero, según Emily Walken, la galería solía estar abierta en el segundo piso. Una persona podía salir de su dormitorio, entrar en la galería y ver lo que sucedía abajo. Emily dice que el abuelo la hizo cerrar por nosotras, porque tenía miedo de que nos cayéramos.

Gavin miró la barandilla de madera pulida que había sobre su cabeza. La zona más lejana estaba en sombra. A pesar de que el sol debía haberla iluminado todavía. Confuso, se dejó guiar por el pasillo. Había dos dormitorios, dos cuartos de baño, el estudio de Dennison y una sala acogedora que Leigh llamaba la biblioteca, todo en el lado de la casa que no había sufrido daños.

—Casi siempre usamos la biblioteca como sala de estar —le confió ella.

Gavin comprendía por qué. Era la habitación más acogedora que había visto allí.

—Un vestíbulo enorme —dijo, mirando a su alrededor. Un piano grande se encontraba escondido parcialmente bajo la escalera—. No hay mucha gente que tenga un piano de cola en su vestíbulo.

Se acercó y pasó lo dedos por las teclas de marfil. Las notas sonaron sorprendentemente altas, alterando el silencio de la casa.

—Eden debió hacer que lo trasladaran aquí. Antes estaba en la sala.

—¿Tú tocas?

—Muy poco. Mamá tocaba mucho. Hayley, el abuelo y yo nos sentábamos a escucharla o cantábamos con ella.

A Gavin le gustó esa imagen, pero no la expresión de tristeza que se posó en los rasgos de ella.

—A veces parece que haga siglos —añadió Leigh—. Hayley y yo dimos clases de niñas, pero odiábamos practicar y acabamos por rendirnos.

El salón de baile, el saloncito y lo que en otro tiempo había sido la consulta de su padre estaban situados en el lado de la casa dañado por el fuego. El olor a madera quemada impregnaba todavía el aire y las paredes ennegrecidas hacían que fuera fácil imaginar el terror de Hayley cuando Bram y ella se habían visto atrapados dentro durante el incendio.

—¿Qué hay detrás del salón de baile?

—Otro dormitorio y el cuarto que usa la señora Norwhich. La señora Walsh y Kathy, la anterior ama de llaves y su hija, vivían en esas dos habitaciones.

Gavin asintió. Conocía los nombres por el testamento de su abuelo.

—¿Seguro que esto no era una posada? —bromeó.

—No que yo sepa. Tenemos que darnos prisa si quieres ver la parte de arriba. No queda mucha luz.

Tenía razón, y aquélla no era una casa en la que quisiera verse atrapado en la oscuridad.

La siguió por la escalinata e intentó no fijarse en su modo de mover las caderas o en las piernas que asomaban por el vestido. Se dijo que tenía que dejar de fantasear. Leigh era una cliente y no podía ser otra cosa a pesar de la atracción que sentía por ella.

—Las habitaciones del abuelo estaban encima del salón de baile. Quedaron también destruidas en el incendio. De niña siempre me gustaba mucho su suite —le dijo ella por encima del hombro—. El abuelo nos guardaba regalos en un baúl pequeño dorado —se detuvo al llegar arriba—. Supongo que también se destruyó.

—Lo siento.

—Yo también. Estoy pensando que puedo convertir esa zona en un gimnasio, o quizá en un cuarto grande de jugar para niños.

Por desgracia, era muy fácil imaginarse a los hijos de Leigh jugando por allí. Gavin encontró perturbadora la imagen. Quizá porque ella habría podido tener un hijo suyo de aquella noche juntos.

Durante las semanas posteriores, había sudado mucho hasta que Emily le aseguró que Leigh no estaba embarazada. Y curiosamente, su alivio se había visto mezclado con una extraña sensación de pérdida.

Después de aquella noche no había vuelto a tomarse el sexo a la ligera y nunca más había olvidado usar preservativo. Se preguntó qué pensaría ella si supiera cómo le había cambiado la vida aquella noche.

Observó su perfil. Había cambiado muy poco en los últimos siete años. Definitivamente, ahora era una mujer, pero seguía teniendo un aura de inocencia.

Leigh señaló la parte del pasillo, separada por una soga, donde el fuego había abierto una pared y dejado el interior a la vista.

—El dormitorio que usa Jacob está al otro lado de la suite del abuelo. No sé si esa habitación quedó dañada o no. Tendremos que dar la vuelta por detrás para verlo.

Gavin miró el pasillo que señalaba. Como en el resto de la casa, paneles de madera oscura cubrían las paredes. A pesar de la ventana grande a sus espaldas había poca luz en el pasillo y, una vez que se pusiera el sol, aquellas paredes parecerían túneles oscuros y sofocantes.

Su cuerpo se tensó y se acercó más a ella, como preparándose para defenderla de un peligro invisible.

Leigh lo miró interrogante. Bajó la voz hasta convertirla en un susurro.

—Tú también lo sientes, ¿verdad?

—¿El qué? —preguntó él, aunque sabía a qué se refería.

—Ahora hay una sensación diabólica en esta casa.

Tenía razón. En la planta superior había

algo que no se notaba tanto abajo. Gavin recordó la confusión que sintiera al levantar la vista a la galería. La sensación había vuelto y no le gustaba nada.

—¿Cómo se llega a la galería?

—No se llega. Ya te he dicho que el abuelo tapó esa zona.

—Pero debió de dejar algún acceso, aunque sólo fuera para limpiar el polvo.

Leigh frunció el ceño.

—No había pensado en eso. No hay puertas, que yo sepa.

—¿Y ésas? —él señaló unas puertas al otro lado de la escalera.

—Alacenas de ropa.

Gavin abrió la más cercana. La alacena contenía estantes a cada lado. Los estantes estaban llenos de ropa.

—Un armario muy grande.

—La casa es muy grande. Gavin, nos quedaremos sin luz en cualquier momento. Creo que debemos dejar el resto de la gira para mañana. A riesgo de parecer cobarde, me gustaría irme ya.

Su voz sonaba llena de ansiedad, cosa que no tenía nada de raro. Imaginaria o real, la casa sí producía una sensación mala.

—Tienes razón. Volveremos mañana —dijo.

Leigh se volvió hacia las escaleras. Y

cuando Gavin empezó a seguirla, hubiera podido jurar que había oído el ruido de una puerta cerrándose con suavidad cerca del final del largo pasillo.

Capítulo cinco

Leigh se despertó cansada y nerviosa. Los sueños que la habían asaltado durante la noche se evaporaban ya como la niebla, dejando atrás sólo jirones. Pero sabía que esos jirones eran importantes. Su madre intentaba avisarla de algo, aunque no conseguía recordar de qué se trataba.

Naturalmente, Gavin también había visitado su sueño. Y había vuelto a hacerle el amor, no con la explosión fogosa de la última vez, sino de otro modo, aunque no podía recordar cuál.

—¡Basta! —se dijo con rabia—. Eres ya muy mayorcita para ponerte a fantasear con Gavin Jarret otra vez.

La casa de los Walken estaba tan silenciosa que pensó que todos se habrían marchado ya, pero encontró a Hayley y Bram sentados en la mesa de la cocina.

—Los Walken tenían una reunión —dijo la primera.

—¿Y Nan? —preguntó Leigh al no ver a la cocinera.

Bram sonrió.

—Estás a salvo, esta mañana no te obligarán a desayunar. Nan se ha ido de compras. Oh, y Gavin te ha llamado hace unos minutos. Quiere que os veáis en Heartskeep sobre las doce.

Hayley frunció el ceño.

—¿Seguro que no te importa? —preguntó—. Me siento culpable por haberte pasado el muerto.

—Y tienes motivos, pero no te preocupes. Yo no habría elegido quedarme con la casa, pero no importa. Quiero decirle a R.J. que tire las paredes de arriba. Emily dijo que tenía fotos de antes que podía enseñarme.

—Me pregunto si se salvaría algún archivo del abuelo. Puedes preguntarle a R.J. Bram tiene que ir al pueblo, podemos dejarte de camino, si quieres. Uno de estos días tendremos que ir a Boston a buscar tu coche, y de todos modos tenemos que recoger el correo. Bram terminará de quitar todas las verjas de las ventanas.

—Y tengo que saber lo que queréis hacer con los leones de piedra —añadió el aludido—. Puedo retirar la verja...

—¡Ni se te ocurra! Es una obra de arte —lo interrumpió Leigh—. ¿Por qué no colocamos los leones a ambos lados del porche delantero?

—No es mala idea —asintió Bram—.

Como R.J. tiene que reemplazar parte de esa zona, seguro que puede hacer algunos cambios para darles cabida.

—¿Por ejemplo?

Bram tomó una servilleta de papel y empezó a dibujar.

—Si los escalones fueran más anchos y sobresalieran así...

—¡Me gusta! —exclamó Leigh—. Los leones estarían bien a los dos lados.

—¿No parecería una biblioteca pública? —preguntó él.

—Yo creo que no.

—Yo también. Vamos a hablar con R.J. —se animó Hayley.

—¿Por qué no dejas que Leigh desayune antes?

—Gracias, pero yo nunca desayuno. Voy a buscar mi bolso.

Ni siquiera el día soleado conseguía disminuir el aspecto sombrío de la casa. R.J. y sus hombres sudaban trabajando. El primero se secó la frente y se acercó a hablar con ellos.

Examinó el dibujo de Bram y asintió.

—Podemos hacerlo. Y si no os importa gastar más dinero, podemos cambiar todo el porche por piedra y ladrillos para darle un aspecto más uniforme.

Todos miraron a Leigh.

—Me parece bien —dijo ella.

—Te prepararé un presupuesto.

—¿Queréis algo del pueblo? —preguntó Bram.

R.J. y Leigh negaron con la cabeza.

—Vale. Hayley y yo volveremos pronto.

—Vamos a echar un vistazo a las paredes que quieres tirar —propuso R.J.

A pesar del ruido de los obreros y de la luz del sol que entraba por el gran ventanal, Leigh sentía todavía escalofríos arriba. R.J. golpeó varias veces la pared con los nudillos.

—Creo que son paneles de madera. Será fácil quitarlos pero seguramente tendrás que cambiar la madera de debajo.

—De todos modos quería hacerlo.

—Bien. Tengo que inspeccionar las galerías y la estructura de apoyo, pero no veo problema.

—Gracias. ¡Oh! —Leigh dio un respingo al ver un perro negro enorme que subía corriendo las escaleras. Se sacudió y se acercó a ellos como si fuera el dueño de allí.

—¡Lucky, siéntate!

El animal de aspecto feroz se sentó inmediatamente y miró a R.J. con tal adoración que Leigh sintió ganas de reír.

—Lo siento —se disculpó R.J.—. Se supone que debe quedarse fuera, pero sólo obedece cuando le apetece. Espero que no te importe que lo traiga. Si lo dejo en casa se aburre y, cuando se aburre, se pone a comerse los muebles.

—Ah. Bien, siempre que sólo coma muebles y no personas... ¿De qué raza es?

—Imposible saberlo. Lleva mezcla de gran danés y varias razas más. Pero es todo un personaje.

Leigh tendió la mano, un poco nerviosa, y dejó que Lucky se la oliera un momento antes de acariciarlo.

—Engañas mucho. En el fondo eres cariñoso, ¿eh?

R.J. le acarició el lomo.

—Desde luego.

—¿Dónde lo conseguiste?

—Lo encontré en un pozo abandonado en una obra. La tapa de madera se había podrido y Lucky se había caído dentro. El veterinario dijo que debía llevar varios días allí. Tenía dos patas rotas y algunos golpes, pero estaba vivo y contento de que lo rescataran. No lo reclamó nadie, así que pagué la factura del veterinario y desde entonces somos amigos.

El perro ladró alegremente como para rubricar sus palabras, pero cuando R.J. lo llamó para que se marcharan, se sentó al lado de Leigh como si no tuviera intención de marcharse.

—No importa —dijo ella—. Puede quedarse conmigo.

En realidad se alegraba de su compañía. No le gustaba estar sola en la casa, aunque estuviera llena de obreros. Lucky la siguió hasta el estudio de su abuelo, donde, rebuscando entre papeles y agendas, encontró el teléfono de la empresa de jardinería que había instalado la fuente y los aspersores y habló con ellos para pedirles que fueran a hacer un presupuesto.

Cuando colgó, sonrió a Lucky.

—Vamos a estirar las piernas.

El escritorio de su abuelo, antes ordenado, era ahora un desastre, pero consiguió encontrar una libreta y un bolígrafo, con los que fue de habitación en habitación tomando notas de lo que quería arreglar o reemplazar.

Cuando examinaba la sala de estar, tuvo la sensación de que la observaban. Lucky levantó la cabeza, como observando la galería, y ella intentó precisar adónde miraba.

Oía hablar a los obreros y el ruido de la radio que tenían puesta, pero no veía a nadie. Sin embargo, la sensación se intensificó; estaba segura de que la vigilaban. Lucky lanzó un gemido y se pegó a las piernas de ella. Leigh le puso una mano en la cabeza y observó ambas estancias.

Las claraboyas del techo llenaban las habitaciones de luz, aunque la mayor parte de las galerías quedaba en la sombra debido a los paneles de madera oscura que las cubrían. ¿Había un acceso a esa zona? ¿Podía ser que la observaran desde allí? Las sombras parecían más profundas ceca del rincón donde se juntaban las dos habitaciones. ¿Era su imaginación o había visto un movimiento allí?

Lucky gruñó en tono amenazador y a ella se le erizaron los pelos de la nuca. Se abrió la puerta principal de la casa.

—¿Leigh?

—¡Gavin! —corrió hacia él, pero el perro se le adelantó—. ¡Lucky, no!

Gavin clavó los talones en el suelo y recibió el peso del perro, al que acarició y empujó hacia abajo.

—Hola, Lucky. ¿Qué tal?

Leigh se detuvo.

—¿Lo conoces?

—Claro que sí. R.J. y yo jugamos en el mismo equipo de béisbol.

—¿Juegas al béisbol?

—Sí. ¿Qué haces aquí?

—Creo que hay otra vez gente en la casa.

—Y a juzgar por el ruido, bastante gente —entonces pareció notar la tensión de ella—. ¿Qué pasa?

Leigh bajó la voz.

—Tenías razón. Debe de haber una entrada a las galerías. Creo que hay alguien allí.

Los rasgos de él se pusieron tensos.

—¿Dónde?

—No estoy segura, pero creo que se ha movido algo en las sombras entre las dos habitaciones. Lucky también miraba allí y gruñía.

—Lucky es capaz de gruñirles a las hojas, pero vamos a echar un vistazo.

Leigh lo siguió de vuelta a la sala de estar. La zona cerca del rincón ya no parecía tan oscura como antes y la sensación de amenaza había desaparecido.

—Creo que se han ido.

Lucky se acercó al sillón más cercano y se subió de un salto con un gruñido de satisfacción.

—Por lo menos no se lo come —comentó ella.

Gavin sonrió.

—Espera aquí.

—¿Adónde vas?

Él se alejó hacia la puerta frontal sin contestar. Lucky levantó las orejas, pero no se movió.

Gavin regresó con R.J. y una escalera larga extensible.

—No pensarás subir ahí, ¿verdad? —preguntó ella.

—Está muy alto para saltar.

—Eso no tiene gracia. Estás loco.

Gavin se había quitado la chaqueta y la corbata fuera, pero llevaba todavía el pantalón del traje y una camisa blanca.

—Te vas a estropear los pantalones —le advirtió ella.

Los dos hombres apoyaron la larga escalera en la barandilla de la galería, cerca de una columna de mármol.

—Los llevaré a la tintorería.

Leigh contuvo el aliento y lo observó subir mientras R.J. le sujetaba la escalera. La galería estaba entre cinco y siete metros por encima de ellos. Si se caía, se rompería el cuello.

No se cayó. Se detuvo a observar la galería antes de pasar la pierna por encima de la barandilla.

—Ten cuidado —le advirtió R.J.—. No hemos comprobado la solidez de ese suelo.

Gavin lo golpeó con los pies.

—A mí me parece sólido. Hay algo de polvo, pero no hace mucho que lo han limpiado, lo que significa que debe de haber un modo de entrar y salir, aunque, si había alguien aquí, ya se ha ido.

Se apartó de la barandilla.

—¿Me veis todavía?

—Sí —repuso ella, nerviosa.

112

Él penetró más en las sombras.

—La camisa blanca es fácil de ver —añadió R.J.—. No, ahora ya no se te ve.

—Pero yo a vosotros sí —repuso él—. Susurrad algo.

—¿Qué quieres que susurre? —preguntó Leigh con suavidad.

—La acústica es perfecta. Se oye todo.

—Es posible que los paneles de madera actúen a modo de fuelle —dijo R.J.

—¿Gavin? ¿Qué estás haciendo? —preguntó Leigh.

—Busco una puerta.

—Voy a subir —anunció R.J.—. Sujétame la escalera, Leigh.

La joven obedeció y él subió con una rapidez asombrosa y poco después desaparecía de la vista.

Leigh no podía oír ni siquiera sus pasos. La idea de que alguien hubiera podido estar allí todos esos años y observar todo lo que pasaba abajo le resultaba desconcertante. Los hombres reaparecieron varios minutos más tarde. Ella sujetó la escalera para R.J., quien, a su vez, se la sujetó a Gavin.

—Tiene que haber una puerta —gruñó éste—. Nadie va a subir hasta ahí con un aspirador.

—Estoy de acuerdo, pero está muy escondida. Subiré más tarde con una linterna y echaré un vistazo. Supongo que está disimulada entre los paneles de madera, pero necesito luz para ver las junturas y no quiero dar la electricidad hasta que terminemos algunas obras.

—¿No podemos usar tu generador?

—Sí, pero antes tengo que conectarlo a algo.

Los tres se volvieron al oír la puerta principal, por la que entraron Hayley y Bram.

—¿Qué pasa? —preguntó la primera.

—Estaban revisando las galerías.

—Leigh piensa que había alguien ahí —añadió Gavin.

—¿Y cómo iba a subir ahí? —preguntó Bram.

—Eso es lo que intentamos averiguar.

—Fuera hay una furgoneta de jardinería y un remolque con un contenedor grande.

—Tengo que irme —anunció R.J.

Lucky saltó del sillón para ir a recibir a los recién llegados.

—¿Qué es eso? —quiso saber Hayley.

—Te presento a Lucky —dijo Leigh—. Es de R.J., pero no te preocupes, no hace nada. ¿Quieres hacerme un favor y enseñarle al señor Franklin, el jardinero, lo que hay que hacer ahí fuera mientras yo hablo un momento con Gavin?

—Bien.

—Vamos, Lucky —dijo Bram.

El perro los siguió fuera.

—Dijiste que vendrías a las doce —dijo la joven a Gavin.

—La señora Carbecelli ha decidido que no iba a cambiar el testamento después de todo. ¿Estás segura de que había alguien ahí arriba?

—No estoy segura de nada. Yo no he visto a nadie, pero tenía la sensación de que me observaban y de pronto el perro empezó a gruñir. ¿Has encontrado algo?

Él sacó una envoltura de chicle del bolsillo.

—Eso puede llevar siglos ahí —comentó ella.

—No lo creo. Todavía huele a menta. ¿Conoces a alguien que coma chicles de menta?

Leigh negó con la cabeza.

—Anoche, cuando nos íbamos, me pareció oír cerrarse una puerta —le informó él.

—¿Y por qué no dijiste nada?

—Porque me pareció más prudente sacarte de aquí. Vamos a terminar la gira que empezamos ayer.

—¿Y qué hay del señor Franklin?

—Puede ocuparse Hayley, ¿no? —Gavin hizo una pausa—. Ni tu hermana ni tú sabíais que hay un acceso a las galerías—.

¿Quién crees tú que lo sabía, aparte de tu madre y tu abuelo?

—No lo sé. Tal vez la señora Walsh y Kathy.

—Tenemos que hablar con ellas. ¿Qué me dices de Eden y Jacob?

—Eden no sé, pero no creo que Jacob sepa algo que nosotras desconocíamos.

—¿Has hablado con alguno de ellos desde la reunión en mi despacho?

—No. ¿Por qué? ¿Tú crees que puede ser alguno de ellos? —no le gustaba la idea de Eden espiándola desde la galería.

—Todo es posible —Gavin empezó a subir la escalinata—. ¿Y el padre de Jacob? ¿Tiene contacto con la familia?

Leigh vaciló un instante.

—Hayley le preguntó una vez a Jacob por su padre y él le dijo que había muerto cuando era pequeño, pero no está muerto. Yo lo sé porque un día, cuando yo tenía unos doce años, vi una pelea en el vestíbulo. Eden y mi abuelo discutían con un hombre y Eden le gritaba que había renunciado a los derechos sobre su hijo el día en que nació y que ella no le debía nada. Mi abuelo le dijo que si no quería volver a la cárcel, no se acercara a nadie relacionado con Heartskeep.

Gavin frunció el ceño pensativo.

—No tenía que habértelo dicho —comentó ella—. Ni siquiera se lo conté a Hayley.

Él le puso una mano en el brazo.

—Yo no se lo diré a nadie. Sólo quiero saber si puede haber más gente relacionada con Heartskeep.

—No creo que debas preocuparte por el padre de Jacob. El año que empezamos la universidad, oí a Eden que le decía a Marcus que había vuelto a la cárcel y que esta vez se haría viejo allí.

—Interesante.

Leigh, avergonzada por revelar cosas tan íntimas, cambió de tema.

—¿Qué hacemos aquí arriba?

—Quiero echar otro vistazo a las alacenas de ropa.

—¿Crees que la entrada estará ahí?

—Me parece el lugar perfecto para ocultar una entrada. ¿Qué niño va a prestar atención a una alacena?

A Leigh se le aceleró el corazón. Había visto a Kathy entrar y salir a menudo de las alacenas y nunca había pensado mucho en ello. Él abrió la primera, cuyos estantes estaban llenos de sábanas y colchas. La de al lado contenía artículos de limpieza y de papel.

—¿Tu abuelo tenía acciones en la industria del papel higiénico?

—Hay trece baños en esta casa —le recordó ella.

—¿Ves? Te dije que esto era una posada —miró el aspirador, las fregonas y demás artículos. En la parte de atrás, un carrito parecido a los que usan en los hoteles tapaba la pared. Lo apartó a un lado y la miró con las cejas enarcadas.

—Vale, crecí en un hotel —musitó ella—. Demándame.

—Prefiero besarte.

A ella le dio un vuelco el corazón, pero él ni siquiera la miró. Volvió a examinar la pared y ella decidió que debía haber oído mal.

—¡Bingo! —exclamó Gavin.

—¿Qué has dicho?

Él se volvió a mirarla.

—He dicho bingo.

—No, antes de eso.

Todo cambió. Ella lo sintió en cada fibra de su cuerpo. Él la miraba a los ojos.

—No puede ser que te sorprenda que quiera besarte.

La alacena parecía de pronto mucho más pequeña. Su mente se quedó en blanco y sus pulmones olvidaron respirar.

—Tenías los labios más suaves que he probado nunca —musitó él.

—¿Cómo puedes decir eso? —los labios de él no tenían nada de suaves. Ella los recordaba firmes y osados... como todo el resto de él.

—Porque es cierto.

—Estoy segura de que has probado muchos.

Los ojos de Gavin brillaron de regocijo.

—¿Celosa?

—No.

Retrocedió un paso y chocó con el aspirador.

Gavin se dijo que no fuera idiota. Se sentía atraído por ella, pero no debía pasar a la acción, aunque el anhelo con que lo miraba lo excitaba muchísimo.

No pudo reprimirse y le tocó la barbilla. Los labios de ella se estremecieron en una invitación silenciosa. Él le pasó el pulgar por el labio inferior y bajó la cara despacio para besarla.

Su intención era darle un beso sencillo... un beso casto. Algo que eliminara parte de la tensión que había empezado a acumularse en su interior desde que había vuelto a verla. Pero su cuerpo se llenó de necesidad en cuanto la besó.

Ella cerró los ojos y se apoyó en él. Gavin sintió la presión de sus senos en la camisa y profundizó el beso, que se volvió apasionado.

Alguien gritaba su nombre en la distancia. La boca de él buscó un punto sensible detrás de la oreja y se vio recompensado con un maullido de placer que bloqueó el sonido; él volvió a besarla con fervor ansioso.

—¿Gavin? ¿Leigh?

Los dedos de ella rozaron los botones de su camisa.

—¿Leigh? ¿Dónde estáis?

La voz de Hayley penetró al fin en su conciencia y Gavin apartó la boca y levantó la cabeza. Se estaban besando dentro de una alacena, con obreros a muy poca distancia de ellos.

—¿Leigh? ¿Estáis aquí?

La expresión de deseo de ella hacía que resultara muy difícil no ignorar todo lo demás y tomar lo que los dos deseaban tanto.

—Seguramente no me oye con tanto ruido —dijo la voz de Hayley—. Enseguida bajo; voy a mirar en su cuarto.

Gavin la soltó y Leigh dejó caer los brazos con expresión sorprendida. Intentó retroceder y chocó con el aspirador. Escobas y fregonas cayeron al suelo.

Gavin extendió los brazos para evitar que cayera y la apretó contra su pecho.

—Cuidado —dijo con gentileza.

La puerta estaba entreabierta. Hayley la empujó y los miró sorprendida.

—¿Qué hacéis aquí?

Gavin mantuvo la presión en los antebrazos de Leigh para que permaneciera de espaldas a su hermana hasta que recuperara la compostura.

—Intentar evitar que tu hermana se caiga encima de todo —dijo, sorprendido de que su voz sonara tranquila.

Leigh inhaló con fuerza y se soltó de él.

—Yo no soy la que ha retrocedido sin avisar —replicó.

Se volvió con rapidez y empezó a levantar artículos caídos. Se había sonrojado, pero Gavin no podía por menos de admirar su presencia de ánimo. Con suerte, su hermana achacaría el sonrojo a irritación y embarazo y no a un abrazo apasionado.

—¿Pero qué hacéis aquí dentro? —preguntó Hayley, inclinándose a ayudar.

—Buscar una salida a la galería —comentó él.

—¿En una alacena?

—¿Se te ocurre un lugar mejor para ocultarla? —preguntó Leigh.

—No. Debo admitir que jamás se me habría ocurrido mirar aquí. ¿Pero no puede esperar? El señor Franklin tiene que irse.

—Vete, Leigh —dijo Gavin—. Yo colocaré esto.

Ella lo miró a los ojos.

—Vuelvo enseguida —dijo con firmeza.

—Cuando quieras. No voy a ir a ninguna parte.

121

—Espérame aquí. Y no se te ocurra acercarte a la galería hasta que yo vuelva.

Salió al pasillo y Gavin la observó alejarse mirando la oscilación de sus caderas bajo el pantalón corto rosa. Cuando dobló el recodo que llevaba a las escaleras, se volvió y lo pilló observándola. Su rubor se hizo más intenso. Gavin le guiñó un ojo y Hayley los miró a los dos con curiosidad.

Gavin se dirigió al cuarto de baño con el sabor y el aroma de Leigh pegados a su cuerpo todavía duro.

Capítulo seis

—¿Qué pasa aquí? —preguntó Hayley en cuanto Leigh cerró la puerta detrás del paisajista.

Su hermana no fingió que no entendía la pregunta, pero sí intentó aplazar lo inevitable.

—Creo que Gavin ha encontrado una salida a la galería.

—Dime que no sigues quedada con él.

—No digas tonterías.

Hayley cerró los ojos un instante.

—No tenía que haberte dejado esta casa.

—Estoy de acuerdo, ¿pero qué tiene eso que ver?

—¡Te estabas besando con él en una alacena! ¿Ya has olvidado el daño que te hizo la última vez?

—Eh, un momento. Gavin no me hizo daño adrede.

—Vamos, Leigh. Yo estaba allí. Estabas loca por él, ¿recuerdas?

—Lo que recuerdo es que me salvó de ser violada, le dio una paliza a Nolan por haberme drogado...

—¿Sí?

—Sí. Y estaba dispuesto a afrontar un

cargo de asesinato antes que arruinar mi reputación. Y pasó semanas dándole la lata a Emily hasta que estuvo seguro de que no me había dejado embarazada. Y ahora se esfuerza por ayudarnos como abogado. Ya no tengo diecisiete años y no soy una ingenua. Y si quiero besarme con él, es asunto mío.

Hayley iba a responder, pero desvió la mirada por encima del hombro de su hermana. Leigh se volvió y se encontró a Gavin en mitad de las escaleras.

¿Cuánto había oído?

Aunque sintió que se ruborizaba, se negó a apartar la vista de él.

—Como Hayley es la hermana mayor, tiene complejo de madre —comentó.

—Eso desde luego —asintió Hayley.

Se abrió la puerta de la casa y entró Bram.

—Te lo advierto —Hayley apuntó a Gavin con un dedo—. Si le haces daño a mi hermana, responderás ante mí.

—Hayley, cállate. Soy muy capaz de dirigir mi vida.

Bram observó la escena un momento.

—¿Qué pasa? —preguntó a Gavin, que bajaba el resto de las escaleras.

—Nada —contestó Leigh.

—Ya me ocupo yo —habló Hayley al mismo tiempo.

—Si quieres intimidad en esta casa, te aconsejo que no te metas en una alacena —le aconsejó Gavin.

Bram se relajó.

—Lo tendré en cuenta.

Hasta Hayley pareció relajarse. Sonó el móvil de Bram.

—¿Diga? —escuchó y lanzó un juramento—. Vale, cálmate. No, has hecho lo correcto, no podías hacer otra cosa. Voy para allá. ¿Seguro que estás bien? Sí, vale. Llama a los otros.

Hayley lo tomó del brazo.

—¿Tu padre?

—Sí. Mi hermano lo ha encontrado esta mañana tirado en el suelo de la cocina. Tengo que irme.

—¿Hay tiempo de pasar por casa de los Walken a recoger unas cosas?

—Hayley, tú no tienes por qué...

—Sí —repuso ella con firmeza—. Sí tengo.

Bram la abrazó con fuerza y cerró los ojos un instante.

—No era así como quería presentarte a mi familia —dijo.

Hayley se apartó un poco.

—No digas tonterías. Eso no importa.

—Puede que tenga que estar allí varios días —comentó él.

—Sólo tardaré dos minutos en preparar una bolsa.

A él se le iluminaron los ojos.

—Te doy cinco.

Hayley se apartó de sus brazos.

—¿Leigh?

—Vete —dijo su hermana—. Siento lo de tu padre, Bram. Espero que se mejore.

—Yo también.

Minutos después, Leigh los observaba alejarse desde el porche. La familia de Bram vivía en Murrett Township, un pueblo de las colinas a una hora de camino de Stony Ridge. Si Marcus no lo hubiera contratado para construir la verja y los barrotes de Heartskeep, posiblemente Hayley y él no se habrían conocido.

—¿Es Bram la razón de que Hayley no quiera la casa? —preguntó Gavin.

—En parte sí. Está locamente enamorada y él tiene mucho orgullo. Pero creo que la verdad es que Heartskeep ya no es nuestro hogar. El corazón de Heartskeep murió con el abuelo.

—Leigh... —dijo él con suavidad.

Un grito de mujer cortó el aire. Gavin bajó del porche y corrió hacia el lateral de la casa. Leigh, atónita, tardó un instante en seguirlo.

Cuando llegó a la puerta lateral, vio a

Eden que gritaba y se debatía con Gavin en un intento por recuperar un cuchillo grande de cocina. Lucky enseñaba los dientes y gruñía a poca distancia de ellos.

—¡Eden, basta! —gritó Leigh—. ¡Te va a atacar!

La mujer se volvió hacia ella con el rostro contorsionado por la furia. Entonces vio al perro y se quedó paralizada.

—Lucky, ven aquí. No pasa nada, perrito, ven —lo llamó Leigh.

El animal no apartaba los ojos de los otros dos.

—¡Lucky! —gritó R.J. detrás de Leigh—. ¡Ven aquí!

Otros se acercaban con él, pero todos se detuvieron al ver lo que sucedía.

—¡Lucky!

El perro dejó de gruñir al oír la voz de su amo, pero seguía sin apartar la vista de Eden y Gavin.

—Muy bien. Vamos, Lucky —dijo R.J. con suavidad.

El perro se volvió de mala gana.

—Eso es. Ven aquí.

Durante un rato no se movió nadie. Lucky corrió al fin hacia R.J. y Leigh respiró hondo.

—¿Esa bestia horrible es suya? —preguntó Eden.

Lucky giró la cabeza y soltó un ladrido. Eden dejó de moverse de nuevo.

—Sí, señora —R.J. sujetó con firmeza el collar del animal.

—¡Lléveselo de aquí! ¿Me oye?

—Te oyen desde el pueblo, Eden —intervino Leigh cuando el perro empezaba a gruñir de nuevo—. Lo estás enfureciendo. Cálmate.

—¡Estaba escarbando en el jardín!

—Y usted lo perseguía con un cuchillo —anunció Gavin.

Leigh dio un respingo y notó que R.J. se ponía rígido a su lado.

—Lo vi correr hacia allí —dijo Eden con voz cargada de emoción—. Sabía lo que iba a hacer.

—Comprueba que no está herido, R.J. —dijo Gavin—. Creo que le he quitado el cuchillo antes de que le hiciera daño, pero no lo sé de cierto.

—¡Estaba escarbando en el jardín! —volvió a gritar Eden.

Lucky se lanzó en su dirección. Por suerte, R.J. lo sujetaba con fuerza del collar, pero tuvo que emplearse a fondo para contenerlo.

—No diga ni una palabra —advirtió Gavin—. Si no quiere que el perro la ataque.

—Vamos a meterlo en la casa —sugirió Leigh.

Abrió la puerta y R.J. consiguió meter al perro en la cocina. Los obreros volvían ya a su trabajo.

—¿Se puede saber qué hacías? —preguntó Leigh cuando hubo cerrado la puerta detrás del animal.

—¡Estaba escarbando en las rosas! —gritó la mujer.

—¿Y qué? La mayoría están destrozadas.

—Pero... ¡pero allí fue donde murió Marcus!

Leigh la miró sorprendida. Eden estaba temblando. Tenía la cara blanca a excepción de dos manchas de color en las mejillas. Nunca se le había ocurrido que pudiera haber querido a Marcus. Hayley y ella habían especulado a menudo sobre esa relación, pero los dos eran tan fríos que siempre les había parecido más profesional que otra cosa.

Cuando, dos años después de la desaparición de Amy Thomas, Marcus pidió el divorcio de ella y se casó con Eden, Leigh al principio se puso furiosa. Pero acabó por llegar a la conclusión de que se trataba de una boda de conveniencia. Así tenía a la enfermera en casa y de paso alguien que se ocupara de la parte doméstica.

Nunca había pensado en el motivo de

Eden para casarse con él. El amor, simplemente, no había entrado en sus cálculos. Pero quizá se había equivocado, ya que nunca la había visto tan alterada.

—No toleraré que esa horrible bestia escarbe en el jardín —gritó.

—Está bien, Eden —repuso Leigh con gentileza.

—Tranquilícese —dijo Gavin.

Eden se soltó y corrió a su coche. Leigh intercambió una mirada con Gavin y le gritó que esperara. Estaba demasiado alterada para conducir. Pero Eden había puesto ya el motor en marcha.

—Déjala —le aconsejó Gavin.

La observaron alejarse por el camino. Leigh se pasó una mano por el pelo.

—Ni siquiera sabía que estaba aquí.

—Yo tampoco —dijo él pensativo.

—Lucky está bien —anunció R.J. cuando entraron—. Nunca lo había visto así. Lo siento mucho. A partir de ahora lo dejaré en casa.

—Ni se te ocurra —Leigh acarició al animal.

—Yo también gruñiría si esa mujer me persiguiera con un cuchillo —señaló Gavin.

—Tiene razón —dijo ella—. Sólo quería decirle que estaba dispuesto a defenderse; era ella la que parecía un animal salvaje.

Lucky es un caballero, ¿verdad?

El animal le dio unos lametones en la cara.

—Yo pagaré cualquier daño que haya causado —declaró R.J.

—Por favor. En este momento no puede causar ningún daño. Eso es una jungla. Puede escarbar todo lo que quiera. Acabo de contratar a alguien que se encargue de los jardines.

R.J. se pasó una mano distraída por el pelo.

—Esto es muy raro. Nunca lo he visto escarbar en la tierra. En mi casa tenemos un jardín grande y jamás ha hecho ni un agujero. No entiendo lo que le ha pasado.

—A lo mejor perseguía saltamontes —sugirió Gavin.

—No importa, de verdad —intervino Leigh—. Eden ha exagerado mucho. Ni siquiera sé qué hacía aquí. Yo creía que ya se había llevado todas sus pertenencias.

—Tienes que cambiar las cerraduras —comentó Gavin—. No sabemos quién tiene llaves de aquí y no queremos que la gente entre y salga a voluntad hasta que hayas hecho un inventario de todo.

—Pero sus pertenencias...

—Nos ocuparemos de que las reciba, pero tienes que empezar a controlar lo que ocurre dentro y fuera de la casa. ¿Conoces a algún cerrajero, R.J.?

—Lo cierto es que sí. ¿Quieres que la llame?

—¿Leigh?

—De acuerdo. Si tú crees que es necesario...

—Lo creo. No podemos pedir que reinstalen la alarma hasta que R.J. termine las paredes y ventanas exteriores.

—Dadme un par de días más. Tengo problemas de entrega. Hasta entonces, procuraré que nadie pueda entrar en la casa cuando terminemos de trabajar por la noche.

—Hazlo —le dijo Gavin.

—Pero seguirás trayendo a Lucky, ¿verdad? —preguntó Leigh.

El constructor asintió.

—Intentaré vigilarlo mejor.

—No importa, en serio. Y tampoco me importa que se coma un sofá. Es un buen perro, ¿verdad, Lucky?

El animal ladró su asentimiento.

—Encargaré las cerraduras y volveré al trabajo —R.J. sacó su teléfono móvil—. Vamos, Lucky. A ver si eres capaz de no meterte en líos en toda la tarde.

—Yo quiero terminar esa gira por arriba —declaró Gavin.

—¿Quieres mirar la galería?

—Después; ahora que sé dónde está la entrada, eso puede esperar. Quiero examinar el resto de las habitaciones. ¿Adónde vas? —preguntó, al ver que ella se dirigía hacia el vestíbulo—. ¿No está más cerca la escalera de atrás?

Leigh vaciló.

—¿Le pasa algo a esa escalera?

La joven se encogió de hombros.

—La usamos tan poco que nunca pienso en ella.

Gavin sabía que no le había dicho toda la verdad.

—¿Por qué la usáis tan poco?

—Por nada.

Él esperó en silencio.

—Si te empeñas... Porque pasa cerca de la habitación de Marcus.

Gavin sintió algo frío en su interior.

—Leigh, ¿Marcus alguna vez...?

—No —dijo ella con rapidez—. Nunca nos puso la mano encima, pero siempre le tuve miedo. Supongo que te parecerá una tontería, sobre todo ahora que está muerto.

—No, no me lo parece.

Leigh apartó la vista y subió deprisa las escaleras. Gavin la siguió más despacio, mientras pensaba en los diversos modos en que podía un padre maltratar a sus hijos.

Leigh se detuvo a esperarlo arriba.

Curiosamente, el pasillo estaba oscuro en ambas direcciones y no le costó entender que unas niñas no quisieran usar esa escalera.

—Estaba pensando —dijo ella—. Que debía ser Eden la que me miraba antes desde la galería.

Gavin asintió.

—Me pregunto si estaría aquí anoche.

—No vimos su coche.

—No lo buscamos. Quizá estaba en el garaje.

—O aparcado cerca de los antiguos establos, donde trabaja Bram. Tú no crees que esté robando cosas, ¿verdad?

—Alguien lo ha hecho, Leigh. Falta mucho dinero.

—Pero ése fue Marcus, ¿no?

—Puede. En este momento están investigando sus finanzas.

—¿Pero por qué no pagaba el señor Rosencroft las facturas directamente?

—Marcus era médico y era vuestro padre. Ira no tenía motivos para desconfiar de él. Vivía aquí y a Ira cada vez le costaba más trabajo moverse. Pensándolo bien, su decisión de crear una cuenta para lo gastos de la casa no fue buena idea, pero en su momento tenía sentido. ¿Quieres apostar a que Eden tenía acceso a esa cuenta después de su matrimonio con Marcus?

Leigh abrió mucho los ojos.

—¿Cuál era el cuarto de Marcus? —preguntó él.

Leigh señaló una puerta cerrada a la izquierda del pasillo. Se acercó y giró el picaporte con cuidado. La puerta se abrió.

—¿Puedes creer que nunca he entrado aquí? —preguntó ella.

—¿Nunca?

Leigh negó con la cabeza. Buscó con la mano un interruptor, pero cuando lo apretó, no sucedió nada, ya que la luz seguía cortada. Gavin entró en la estancia y apartó los cortinajes pesados que cubrían las ventanas.

La habitación era espaciosa y cómoda, a pesar de estar atestada de muebles pesados y oscuros. Un papel verde cubría las paredes; a Gavin no le gustaba, pero al menos era un cambio con respecto a los paneles oscuros.

Una mecedora verde muy gastada miraba a una estantería de libros que tenía una televisión encima. La mayoría de los libros eran sobre rosas y jardinería, pero también había algunos de medicina y revistas profesionales.

—No le gustaba la lectura ligera, ¿eh?

Leigh no contestó. Inspeccionaba en silencio la habitación. En un extremo había una cama grande. Enfrente un escritorio y al lado un frigorífico pequeño.

—Parece que pasaba mucho tiempo aquí —comentó Gavin.

—Marcus era muy solitario.

Gavin abrió con curiosidad un cajón de la cómoda.

—¡Qué raro! Está vacío.

Leigh se acercó a su lado. Pronto descubrieron que estaban todos los cajones vacíos, así como el escritorio. En el armario no quedaban ni perchas.

—Ya sabemos lo que hacía Eden aquí —comentó Leigh.

—Teníamos que haber cambiado antes las cerraduras.

—Según su testamento, se lo dejaba todo a ella. ¿Pero por qué no se ha llevado los libros y la tele?

—Porque seguramente no ha tenido tiempo. Volverá. No quiere dejar nada que podamos encontrar.

Leigh movió la cabeza.

—Eso implica que aquí había algo que encontrar.

—Tal vez sí —Gavin hizo una mueca—. Tengo algunas preguntas para ella. ¿Dónde está su habitación?

—En el otro lado del pasillo.

Cuando salieron del dormitorio, Gavin miró en dirección a la zona de trabajo.

—¿Y esa otra puerta? —preguntó.

—Es el dormitorio que usa Jacob cuando viene. Es uno de los pocos con baño privado.

La estancia era casi alegre. Las paredes estaban pintadas de un azul grisáceo y, aunque los muebles eran también pesados y oscuros, había menos, por lo que la habitación parecía más grande y luminosa. Los cajones de la cómoda estaban igual de vacíos.

—Por lo menos Jacob ha dejado las perchas.

—Tú no crees que él tenga nada que ver con el dinero robado, ¿verdad?

Gavin movió la cabeza.

—No lo sé. Vamos a mirar el dormitorio de Eden.

La cama de ella, como el resto de los muebles, era blanca e innegablemente femenina. Las paredes estaban cubiertas por un papel amarillo con flores azules.

—No es lo que esperaba —musitó él—. Le van más los muebles pesados y oscuros.

—Éste era el cuarto de mi madre —explicó Leigh—. Ella pasó a ocuparlo después de casarse con Marcus.

Los cajones y el armario estaban tan vacíos como en las otras dos habitaciones.

—¿Todos lo armarios están forrados de cedro? —preguntó él.

—Los de las habitaciones sí. ¿Qué hacemos ahora?

—Terminamos de ver el resto de la planta de arriba y luego decidimos lo que vamos a hacer.

—¿Te refieres a acción legal? Gavin, no sé si quiero hacer algo. Por ropa y artículos personales, no.

—Ya hablaremos de eso más tarde.

—Muy bien. La habitación de Hayley está por aquí a la derecha.

Antes de entrar en el otro pasillo, Gavin se detuvo en una puerta que había a su derecha. Giró el picaporte, pero estaba cerrada.

—El desván, ¿verdad?

—Sí.

—¿Tú has estado en él?

Ella se estremeció.

—Una vez, cuando era pequeña. Los desvanes y los sótanos no me gustan mucho.

—¿Por qué?

—Sólo es un desván, Gavin. Hace mucho calor y está lleno de polvo y telarañas.

—Valdrá la pena explorarlo cuando tengamos las llaves. Recuérdame que le pida a la cerrajera que abra estas puertas. Algunas de las cosas viejas guardadas ahí pueden ser ahora antigüedades valiosas.

—Haz lo que quieras. Ya me contarás lo que encuentres.

Se alejó por el pasillo y abrió la puerta del cuarto de Hayley. La estancia era un caos de color y feminidad. En las paredes azul claro había muchos pósters. Los muebles eran de madera oscura de cerezo y mostraban señales de uso. A Gavin no le costaba imaginarse allí a Hayley de adolescente.

—¿Armario? —señaló una puerta a la derecha.

—No, el armario es la otra puerta. Esa da al baño. Mi cuarto está al otro lado.

—¿Te importa que echemos un vistazo?

—No.

Pero apartó la vista, incómoda sin duda. El cuarto de baño estaba limpio y ordenado y los muebles de su habitación eran idénticos a los de Hayley, pero la semejanza terminaba allí. Las dos estancias eran muy distintas y reflejaban la personalidad individual de las dos mujeres.

Allí no había pósters en las paredes, sino dos acuarelas de colores suaves. Había también varias fotografías en la cómoda. Gavin tomó una. Las dos chicas tenían unos doce años y estaban de pie con una mujer encantadora que sólo podía ser su madre.

—Os parecéis a tu madre —dijo. Tomó la otra foto, donde las chicas estaban con su abuelo. Los tres hacían caras en calabazas y reían.

—Teníamos diez años —dijo ella—. El abuelo nos hablaba de una fiesta de Halloween donde todo había salido mal. Era un contador de historias maravilloso.

—Lo echas de menos.

—Todos los días —asintió ella—. ¿Y tú a tu familia?

Gavin recordó de mala gana a sus padres y su hermano mayor.

—Procuro no pensar mucho en ellos —dijo—. Aquel día habían ido a un partido de rugby en el instituto de mi hermano. Yo tenía que quedarme en casa a preparar un trabajo de la escuela atrasado, pero me fui con mis amigos. Mi padre estaba parado en un semáforo cuando un camión cargado de ladrillos perdió el control y aplastó su coche como si fuera de juguete.

—¿Tú lo viste?

Él asintió.

—Cuando volvía a casa.

—Lo siento mucho.

Le puso una mano en el brazo y él la cubrió con la suya. Le secó unas lágrimas con los dedos.

—No llores. Fue hace mucho tiempo.

—Es posible, pero tú no lo olvidarás nunca.

—No —dijo él—. Nunca.

Y el dolor tampoco se iría nunca.

—Habrían estado muy orgullosos de ti —dijo ella.

—¿Tú crees? —movió la cabeza e intentó sonreír. No lo consiguió, pero le apretó los dedos—. Quizá sí.

Retrocedió y miró a su alrededor. Su mirada se posó en la estantería de ella, llena de libros de bolsillo con títulos que iban desde clásicos a novelas de suspense, de amor, biografías e incluso ciencia ficción.

—Me gusta leer —comentó ella.

—A mí también. ¿En tus paredes no hay estrellas de rock ni ídolos del cine?

—Siempre me pareció tonto soñar con lo imposible.

Era lo que él esperaba; sin embargo, según Hayley, ella había estado quedada con él. Aunque aquello no era algo en lo que quisiera pensar en ese momento, no con ella tan cerca y tan vulnerable.

—Sólo queda una puerta más en este pasillo, ¿verdad? —preguntó.

Leigh asintió.

—Era la habitación de soltera de mi madre, pero yo siempre la he conocido como cuarto de invitados.

Gavin examinó un momento la estancia y volvió al pasillo. Los hombres de R.J. trabajaban enfrente de ellos, en los restos de la suite del abuelo.

—¿Tienes hambre? —preguntó—. Ya son más de las cuatro y no he comido nada. ¿Qué te parece si vamos al pueblo y cenamos temprano?

Leigh vaciló.

—Ah... tengo que consultarlo con Emily.

—De acuerdo. Le diré a R.J. que nos vamos y que cierre él. Puedo recogerte en casa de los Walken.

—No hace falta que me invites a cenar —dijo ella.

—Claro que sí. Tenemos que discutir lo que vamos a hacer.

—¿Con Eden?

—Y con el dinero que falta, y con el nuevo sistema de alarma y algunas cosas más.

—¡Ah!

La tensión creció entre ellos. Los obreros de R.J. dejaron de existir. Leigh apartó los ojos de los de él, se echó atrás el pelo y miró fijamente un botón de su camisa. Se lamió los labios y a él le costó un gran esfuerzo no besarla.

—No tienes que preocuparte —dijo—. No me voy a lanzar sobre ti cada vez que nos quedemos a solas.

Tal y como esperaba, ella levantó la barbilla y le brillaron los ojos.

—Por supuesto que no.

—No, pero quiero que pienses en ello de

camino a casa de los Walken, mientras piensas una excusa para no cenar conmigo.

Capítulo siete

Gavin, sentado en la mesa del comedor de los Walken, sabía que Leigh no era inmune a la electricidad que había entre los dos, porque, de serlo, no se las habría arreglado para que cenaran con George y Emily en lugar de hacerlo solos como había planeado él.

La miró tomar un sorbo de agua y vio que se esforzaba en no mirarlo.

—¿Habéis oído algo nuevo sobre el asesinato de Pepperton? —preguntó George.

Leigh lo miró perpleja.

—¿Qué asesinato?

—Martin Pepperton murió coceado por una de sus yeguas —le explicó Emily.

Leigh palideció.

—No, eso es lo que creían al principio —corrigió George—. Y aunque es cierto que la yegua lo mató a coces, antes le habían pegado un tiro.

Leigh miró a Gavin en busca de confirmación. Él sabía que pensaba en la fiesta de siete años atrás en casa de Martin.

—La policía cree que hubo una pelea en el establo del hipódromo —dijo—. La yegua lo golpeó tanto que no se dieron cuenta del disparo hasta que hicieron la autopsia.

Emily bajó su taza de café.

—¡Santo cielo!

—¿Y qué ha sido de la yegua? —preguntó Leigh.

—Wyatt me dijo que la habían devuelto a los establos Pepperton.

—¿Quién es Wyatt?

—Wyatt Crossley —aclaró él—. Seguramente no lo conoces.

—Es sobrino del jefe Crossley —explicó Gavin—. Se mudó aquí desde Connecticut. Parece un joven simpático.

Leigh apretó los labios.

—¿Policía?

—Sí, querida —confirmó Emily—. Pero no se parece nada a su tío.

—Es verdad —confirmó Gavin—. Ya sé que no te gusta la policía de por aquí...

—A ti tampoco te gustaba antes.

Él sonrió.

—Lo he superado.

—¿Tienen algún sospechoso? —preguntó Emily.

—No lo creo. La policía de Saratoga busca a alguien que estuviera aquella mañana en el hipódromo, pero parece que sin mucha suerte.

—He oído comentar que fue un negocio

de drogas que salió mal —dijo George.

Gavin se encogió de hombros.

—Es de dominio público que Martin consumía drogas —siguió diciendo George—. Sus ataques de furia se estaban volviendo tan famosos como sus fiestas.

—No creo que eso sea imputable sólo a las drogas. Los Pepperton siempre han tenido mal genio —intervino Emily—. Y cambiando de tema, Leigh nos ha dicho que Eden se ha llevado todo lo que ha podido de la casa.

—Voy a iniciar una acción legal en nombre de la casa —dijo Gavin—, pero seguramente será demasiado tarde para recuperar lo que se ha llevado.

—No me importa —intervino Leigh—. Hayley y yo no queremos nada que perteneciera a Marcus. Por mí se puede quedar lo que se haya llevado.

—¿También los seiscientos cincuenta mil dólares?

George lanzó un silbido.

—¿Tanto?

—Por lo menos. Aún tienen que trabajar los auditores. Me temo que Ira llevaba unos cuantos años algo despistado.

George se frotó la nariz.

—Tú no sospechas que él robara nada, ¿verdad?

—A decir verdad, no sé qué pensar. No

quiero creer que hubiera cohecho, pero la situación es muy desastrosa. Falta mucho dinero. Y francamente, sus archivos son un caos. Llevo meses intentando revisarlo todo. Lo primero que hice cuando murió Ira fue despedir a Corrine y contratar una recepcionista que sabe de leyes.

—¿Has despedido a Corrine? —lo riñó Emily—. Llevaba toda la vida con Ira.

—Lo sé —dijo Gavin, sombrío—. Por eso. El despacho era demasiado para ella. Me dijo que no se había ido antes porque Ira le había pedido que se quedara. Sólo quería pasar más tiempo con sus nietos.

Se frotó la mandíbula con cansancio. Corrine Simpson tenía casi la edad de Ira y no se había ido antes por no dejar solo a su amigo.

—Lo siento. No pretendía inmiscuirme en tus asuntos —dijo Emily.

—No importa. ¿Vosotros sabéis quién dirigía Heartskeep cuando desapareció Emily? ¿Sabéis si Marcus se ocupaba de la administración del día a día o si se encargó Eden desde el principio?

—Marcus no se confiaba a nosotros —contestó George.

—Tienes que hablar con Livia y Kathy Walsh —dijo su esposa—. Ellas eran las que sabían lo que ocurría allí.

—Hasta que las echó Eden —dijo Leigh con tristeza.

—He contratado a un investigador para que las busque y esta mañana ha localizado a Livia.

—No me lo habías dicho —protestó Leigh.

—Pensaba hacerlo en la cena. Cuando dejó Heartskeep, compró una casa cerca de Saratoga Springs. He pensado que quizá quieras acompañarme allí mañana. Seguro que estará más dispuesta a hablar contigo que conmigo.

—Me gustaría verla —asintió Leigh—. Me siento culpable por haber perdido el contacto cuando nos mudamos a Boston.

—Estoy segura de que lo comprende —dijo Emily.

—Es posible, pero Hayley y yo teníamos que habernos esforzado más. ¿A qué hora nos vamos?

—Mi última reunión es a la una. ¿Las tres te parece bien?

—Sí. Así podré ayudarte a organizar esa recaudación de fondos por la mañana, Emily.

—Estupendo. El club de jardinería necesita toda la ayuda que pueda conseguir.

—Mañana llamaré a la señora Walsh —dijo Gavin.

Poco después se levantaba para marcharse.

—¿Me acompañas a la puerta? —preguntó a Leigh.

La joven se sonrojó, pero se levantó de la silla.

Gavin esperó a que estuvieran en la puerta.

—¿Te pongo nerviosa? —preguntó.

Leigh levantó la barbilla.

—Claro que no.

—¿Entonces por qué tiemblas?

Había olvidado encender la luz del porche y no podía ver su expresión con claridad.

—No tiemblo.

Gavin le acarició la mandíbula con un dedo y ella respiró con fuerza.

—¿Qué haces?

—No tengo ni idea —dejó caer las manos a los costados—. Tengo por norma no enrollarme con mis clientes.

—Muy inteligente.

—Sí. Por eso no sé por qué de pronto me gusta tan poco esa norma.

—Nunca te han gustado las normas... ni siquiera las tuyas.

En eso tenía razón.

—¿Por qué me has pedido que te acompañara? —preguntó ella—. ¿Querías algo?

—Quiero muchas cosas —repuso él con sinceridad.

—¿Por eso me besaste en la alacena?

—Eso fue un error. Tú eres mi cliente.

—Y besar a una cliente está mal.

Gavin se pasó la mano por el pelo con frustración. Lo último que quería era hacerle daño.

—Creo que no me expreso bien, pero supongo que entiendes que necesitemos mantener esto en un plano profesional. Si la situación fuera diferente...

—¿Entonces sí podrías besarme? ¿Yo no tengo nada que decir en esto?

Gavin movió la cabeza.

—No quiero que discutamos ahora —dijo con gentileza.

—¿Por qué no?

—Porque soy abogado. No podrías ganar.

—Eres un egocéntrico.

—¿De verdad estabas quedada conmigo de joven?

—¡Por supuesto que no!

Gavin la miró en silencio; ella no apartó la vista, aunque su embarazo resultaba evidente.

—Sólo un poco bastante—dijo al fin.

Gavin sonrió. Aquella mujer era increíble. Impredecible y sincera. Su cuerpo se endureció de deseo.

—Más vale que entres y que yo me marche.

Ninguno de los dos se movió.

—Te estás convirtiendo en una gran tentación, Leigh.

—¿Se supone que debo sentirme halagada?

—Mi ego te lo agradecería.

—Tu ego no necesita ayuda. ¿Por qué me has pedido que te acompañara?

—Quería disculparme por haberme sobrepasado esta tarde y asegurarte que no volvería a ocurrir.

—Vaya, gracias. Pero no va a desaparecer por arte de magia, ¿vale? Entre nosotros hay una reacción química.

—Yo sé mucho de feromonas y sé que podemos ignorarlas.

—¿Y si no queremos ignorarlas?

A Gavin se le aceleró el pulso.

—¿Nadie te ha dicho que a veces la sinceridad no es la mejor táctica?

—¿Por qué no?

A él se le ocurrían muchas respuestas, pero ninguna llegó a sus labios. Ella seguía mirándolo y él notaba cómo se evaporaba su resolución.

—Esto es mala idea —dijo.

—¿El qué?

—Si no entras en este mismo instante, te voy a besar de nuevo —le advirtió él.

Un estremecimiento recorrió el cuerpo de ella.

—Si no dejas de hablar, no.

Gavin dejó de hablar.

Leigh se apretó contra él, quien la besó al instante. Ella abrió los labios, invitándolo a explorar, y él le puso una mano en la cabeza para sujetársela y la besó a conciencia.

Leigh podía sentir la dureza palpitante de él contra el muslo. Abrió la boca y le devolvió el beso, ansiosa de más. De mucho más.

En sus sueños había sido así, pero la realidad era mucho mejor. Se apretó contra él y se dejó llevar cada vez más alto.

La luz del porche se encendió de pronto encima de ellos.

Se separaron como gatos escaldados por su brillo. Leigh se estremeció sin aliento y el corazón le golpeó con fuerza en la caja torácica. Era muy consciente de su cuerpo de un modo que no había conocido nunca. Y aquel poder femenino desconocido le resultaba exultante.

—Creo que alguien intenta decirnos algo.

La voz de él sonaba espesa y poco serena, pero al menos tenía voz. Ella no conseguía encontrar la suya.

—¿Estás bien? —preguntó Gavin.

Leigh consiguió asentir con la cabeza.

—¿Te debo otra disculpa?

Ella lo miró de hito en hito.

—¿A ti te parece que quiero una?

—Me pareces... —dijo él con voz ronca— un sueño. Te recojo mañana a las tres.

Leigh siguió en el porche hasta mucho después de que los faros de él se hubieran perdido por el camino.

Gavin tenía razón. Una relación entre ellos era estúpida e imposible. Pero seguía loca por él.

¿Y qué iba a hacer al respecto?

—Hay un pequeño contratiempo en nuestros planes —dijo Gavin cuando ella llegó a su despacho a las tres y siete minutos del día siguiente.

—¿Qué sucede?

—He llamado a la señora Walsh, pero no contesta al teléfono. Podemos ir hasta allí e intentar buscarla o podemos volver a intentarlo mañana.

—Puesto que he prometido a Emily que mañana la ayudaría de nuevo, yo creo que deberíamos ir ahora. Tal vez la señora Walsh esté de compras.

Gavin se quitó la chaqueta y la corbata de camino al coche. Leigh se sintió decepcionada cuando no hizo ademán de tocarla y mantuvo la conversación en un plano profesional.

—He revisado las facturas falsas de Marcus y estoy casi seguro de que las generó por ordenador. ¿Entendía de informática?

—No lo sé. Eden y él tenían un ordenador en la consulta.

—¿Y escáner?

—No lo recuerdo, pero sí hay uno en el estudio del abuelo. Y puede utilizarlo cualquiera de la casa.

—Está bien. ¿Y cuál de los miembros de la casa sabía más de informática?

—Jacob y yo.

—¿Jacob? —preguntó él, cortante.

—Oh, por favor. No empieces tú también. Sé por qué no le cae bien a Bram, pero tú no tienes motivos. Además, seguro que él no tenía acceso a la cuenta de gastos para la casa, porque a Marcus no le gustaba.

—¿Por qué?

—A Marcus no le gustaba nadie.

—No, pero él era hijo de Eden.

—Hablas igual que Bram. ¿Se puede saber qué es lo que no os gusta de Jacob?

Gavin la miró un instante.

—No lo conozco lo suficiente para que me caiga bien ni mal, sólo quiero examinar todos los ángulos. Jacob pudo enseñarle a su madre a usar el ordenador y el escáner para crear las facturas.

—O ella pudo aprender sin su ayuda. Y

Marcus también. Quizá la señora Walsh sepa algo. O mejor dicho, Kathy. Era ella la que limpiaba los despachos.

—Mi detective sigue sin localizarla, pero está en ello. Pude que se casara y se instalara en otro sitio.

—Es curioso. Formaban parte de nuestra vida y ni siquiera sé si Kathy tenía novios cuando trabajaba para nosotros. ¿Por qué no le preguntamos a la señora Walsh dónde está

—Es lo que pienso hacer.

Livia Walsh vivía en una casa tan alejada de Saratoga Springs que a Gavin le sorprendió que se tratara del mismo condado. La casa, de una planta y estilo rancho, formaba parte de un grupo construido en los años cincuenta. El césped, bien cuidado, contaba con la sombra de árboles grandes y matorrales maduros. El barrio tenía un aspecto tranquilo y próspero.

—Parece que hemos hecho el viaje en vano —dio Gavin—. Debe haber salido de viaje.

Leigh había visto también un par de periódicos sobre la hierba. El número del buzón correspondía al que les había dado el detective.

—¡Qué raro! —dijo preocupada—. La señora Walsh jamás se iría sin pedir a alguien que le recogiera los periódicos. Era una mujer organizada hasta la obsesión.

—Quizá le haya surgido algo inesperado.

—Razón de más para pedirle a alguien que vigilara la casa y recogiera los periódicos.

Salió del coche y corrió al buzón. Todas las persianas de la casa estaban bajadas y el buzón confirmó sus miedos.

—Aquí hay tres días de correo —dijo—. Algo ha ocurrido.

Gavin notó que una mujer los observaba desde una ventana de la casa más cercana.

—Vamos a ver si saben algo los vecinos. Quizá alguno tenga llave.

La mujer que abrió la puerta tenía unos treinta y tantos años. No parecía desconfiada, pero tampoco muy abierta y seguramente no le había gustado ver a Leigh espiando el correo de su vecina. Gavin se identificó y le tendió una tarjeta de su despacho.

—No sé dónde está la señora Walsh —les dijo—. Confieso que me preocupé un poco cuando vi que no había recogido los periódicos. Normalmente le pide a Jane, la vecina de enfrente, que se los recoja cuando se va unos días.

—¿Y se va a menudo? —preguntó Gavin.

—No mucho, no.

—¿Jane tiene llave de la casa?

—No lo creo, pero tendrán que preguntarle a ella. Ahora está trabajando.

—¿Y tiene usted un número de teléfono donde podamos localizarla?

—Me temo que no. ¿Creen que le ha ocurrido algo a la señora Walsh? —la mujer salió al porche y se alisó el pelo revuelto—. Es una mujer encantadora. No quiero ni pensar que pueda estar dentro en mal estado. Quizá deberíamos llamar a la policía.

—Puede que tengamos que hacerlo —asintió él—. Pero antes voy a echar un vistazo.

—Puedo llamarla por teléfono a ver si contesta.

—Eso ya lo he probado. Vamos, Leigh.

—Deberíamos romper un cristal —dijo la joven cuando se alejaban—. Esa mujer tiene razón; puede estar dentro enferma.

—Cálmate. Antes probaremos las puertas y ventanas. Puede que alguna esté abierta.

Mientras la vecina los observaba con nerviosismo desde el porche, comprobaron que la puerta delantera estaba cerrada con cerrojo. Gavin no podía ver a través de las ventanas debido a las persianas, pero las probó una a una y en la parte de atrás tuvo al fin suerte.

Una de ellas subió con un leve empujón.

—¿Señora Walsh?

Se subió al alféizar, tiró de la persiana hacia arriba y se asomó al interior. Lanzó un juramento y se dejó caer al suelo.

—¿Qué pasa? ¿Qué has visto? —preguntó Leigh.

Gavin sacó su teléfono móvil.

—Voy a llamar a la policía.

—¿Está muerta?

—No lo sé, pero o a tu ama de llaves le gusta tanto la jubilación que ha renunciado a limpiar o han asaltado su casa.

—¡Tenemos que entrar! ¡Puede estar muerta!

Gavin movió la cabeza y habló con la operadora de la policía.

A pesar de su agitación, Leigh consintió en esperar. Cuando llegaron dos agentes, la vecina se unió a ellos mientras Gavin se identificaba y explicaba la situación. La vecina añadió que ella también estaba preocupada.

Después de ordenarles que esperaran en el camino, el policía más joven subió por la misma ventana que había usado Gavin. Un momento después, sacó la cabeza y dijo algo a su compañero, quien corrió a la parte de atrás de la casa.

Gavin apoyó una mano en el brazo de

Leigh y esperaron juntos en silencio.

Al fin los policías salieron por la parte de atrás.

—Señor, han registrado o robado la casa, pero no hay pruebas que indiquen que la señora Walsh estuviera dentro cuando sucedió.

Gavin notó que parte de la tensión abandonaba el cuerpo de Leigh.

—No hay señales de lucha. La puerta de atrás no estaba cerrada con llave, así que seguramente fue un allanamiento al azar.

—Nosotros no llegamos hasta la puerta de atrás —comentó Gavin.

—Tenía que haber recogido los periódicos al verlos ahí —dijo la vecina, nerviosa—. Es una invitación para los ladrones.

—Sí, señora —asintió el policía.

—¿Y su coche? —preguntó Leigh.

Los agentes se acercaron al garaje, donde descubrieron que la puerta estaba abierta y el coche había desaparecido.

—No puede ocurrir de nuevo —susurró Leigh.

—¿Qué? —preguntó Gavin

Leigh lo miró aturdida.

—Mi madre se evaporó sin más y ahora la señora Walsh ha desaparecido.

Gavin movió la cabeza.

—Esto no es como lo que le ocurrió a tu

madre —dijo con firmeza.

—¿Y tú cómo lo sabes? Nadie sabe lo que le pasó a mi madre.

—Es diferente —le aseguró él.

Le pasó un brazo por los hombros y ella se apoyó en él, pero permaneció tensa.

—No hay señales de violencia ni de lucha —dijo el agente más viejo—. Cerraremos la casa e iniciaremos una investigación, pero es muy probable que la señora Walsh aparezca.

—Tiene mi número —le dijo Gavin—. No olviden llamarme cuando la localicen.

—No, señor.

Al final, no pudieron hacer otra cosa que marcharse.

—Ni siquiera sabemos dónde está Kathy para decirle que su madre ha desaparecido —murmuró Leigh.

—Pero hemos descubierto que Kathy tiene novio.

La vecina, que respondía al nombre de Dee Millhouse, les había facilitado esa información.

—Pero no sabía cómo localizarlos ni a su novio ni a ella.

—No, pero sabe que él conduce un coche cuya matrícula no es del estado de Nueva York.

—¿Y de qué nos servirá eso? Ni siquiera sabe de qué estado era. ¿Y adónde vas? Tenías que haber girado aquí.

—Hay un buen restaurante de pasta en el centro del pueblo.

—¿Quieres comer ahora?

—Tú puedes quedarte retorciéndote las manos —repuso él—. Pero eso no te ayudará a encontrar a la madre ni a la hija. Seguro que la vecina tiene razón y la señora Walsh fue a ver a Kathy y la visita se ha prolongado más de lo que esperaba. Algún chico que pasaba vio los periódicos, encontró la ventana abierta como nosotros y entró a buscar dinero.

—Pero el policía ha dicho que no habían tocado ni la tele ni el vídeo.

—No todos los ladrones quieren ir con una televisión a cuestas. Resulta difícil de explicar si te ven.

Leigh guardó silencio un rato.

—Lo siento —dijo luego—. Seguramente tienes razón.

—No tienes nada que sentir. Está bien que te preocupes. Yo creo que la señora Walsh aparecerá dentro de unos días con una explicación muy lógica para su ausencia.

—Espero que tengas razón.

El restaurante estaba lleno, pero Leigh dijo que no le importaba esperar. No tenía hambre.

—Saratoga Springs es una ciudad bonita, ¿verdad? —preguntó él mientras esperaban con varias parejas más—. Hacía años que no venía, aunque en mis años salvajes la visitaba a menudo.

Leigh sabía que intentaba distraerla para que no pensara en la desaparición de la señora Walsh e hizo lo que pudo por seguirle la corriente. Cuando al fin los sentaron en una mesa, se fijó en un hombre de unos cincuenta y tantos años que comía solo. Él la miró y le sonrió como si la reconociera. Leigh inclinó la cabeza con cortesía y buscó en su mente quién podía ser. Su rostro redondo y amigable y su mostacho gris no le sonaban de nada. Gavin no pareció darse cuenta, así que ella no dijo nada, pero era consciente de la mirada del hombre mientras leía la carta y se preguntó si sería un conocido de su hermana.

—Tengo que ir al baño y comprobar mis mensajes —dijo Gavin cuando les tomaron el pedido—. Vuelvo enseguida.

Leigh asintió. El restaurante estaba lleno de ruido y gente, pero ella apenas se fijaba. Seguía pensando en la señora Walsh y no podía evitar preocuparse. Tan ensimismada estaba que se sobresaltó cuando el hombre de antes apareció de nuevo al lado de su mesa.

—Hola de nuevo; soy Matt Klineman

—dijo—. Nos conocimos el otro día.

Leigh lo miró sin reconocerlo.

—Me temo que...

—No te preocupes. A mí tampoco se me da bien retener nombres y caras, pero es difícil olvidar a una joven encantadora como tú. No quiero interrumpir, pero quería saber si le habías pasado mi mensaje a tu amigo el veterinario.

Leigh movió la cabeza.

—Lo siento, pero creo que me confunde con otra persona.

Él se mostró un momento confuso. Luego sus ojos se iluminaron.

—Ah, prefieres que tu amigo el veterinario no sepa que estás aquí con este amigo, ¿eh? Comprendo. Lo llamaré luego. No tienes que preocuparte, por mí no sabrá nada.

—No, espere. Está usted confundido. Yo no tengo un amigo veterinario. Quizá usted conoce a mi hermana.

Él la miró con escepticismo.

—No hay problema, señorita. Siento haberla molestado.

Leigh lo observó alejarse. Normalmente no habría hecho mucho caso y habría sacado la foto que probaba que tenía una hermana gemela, pero esa vez era diferente. Estaba bastante segura de que Hayley no tenía amigos veterinarios.

Tamborileó un momento en la mesa con los dedos y sacó el móvil. No le gustaba la gente que usaba los móviles en restaurantes, por lo que buscó con la vista un lugar al que ir.

—¿Dónde está el servicio? —preguntó a la camarera que acudió con las bebidas.

—En la parte de atrás —señaló la mujer.

—Gracias. No quiero que piense que nos hemos ido, pero tengo que hacer una llamada.

La mujer sonrió.

—No se preocupe. Enseguida les traigo las ensaladas.

—Gracias.

Se detuvo en una especie de alcoba al lado del baño y llamó a Hayley.

—Soy Leigh —dijo—. ¿Te pillo en mal momento?

—No, estamos saliendo del hospital; pero olvidé recargar el teléfono, así que, si se para de pronto, es la batería.

—¿Cómo está el padre de Bram?

—Consciente, menos mal. Al parecer tuvo una mala reacción a una de las medicinas. Su médico dice que se recuperará. Bram quiere presentármelo mañana, cuando lo saquen de la U.C.I. Si todo va bien, saldremos para Heartskeep después de eso. ¿Qué tal por ahí?

—La señora Walsh ha desaparecido y necesito saber si tienes un amigo veterinario.

—¿Cómo que la señora Walsh ha desaparecido?

Leigh notó un cosquilleo familiar en la nuca y miró a su alrededor mientras se lo contaba. No había ni rastro del hombre que la había abordado, pero la sensación de ser observada persistía. Hayley estaba hablando cuando el teléfono se cortó de pronto.

—¡Maldición! —apretó el botón y vio que Gavin estaba ante ella.

—¿Ésa era Hayley?

—Sí.

—¿Qué tal el padre de Bram?

—Bien. Te lo contaré en la mesa.

Mientras caminaban juntos, observó el restaurante. Nadie parecía prestarle atención a ella, aunque más de una mujer miraba a Gavin. Ella sabía muy bien lo atractivo que podía resultar, pero no eran ésas las miradas que la preocupaban.

Cuando estuvieron sentados, se inclinó hacia Gavin y le contó lo del hombre que la había abordado.

—Supongo que me ha confundido con Hayley. Creía que fingía no conocerlo porque engaño a ese veterinario contigo —terminó.

Gavin se recostó en su silla.

—Yo que tú no me preocuparía mucho.

Es evidente que era un error.

—Lo sé, pero estoy segura de que Hayley no conoce a ningún veterinario.

—Pregúntale cuando te llame —le aconsejó él—. Mientras no venga nadie a pegarme mientras ceno con mi mejor cliente, yo diría que no hay de qué preocuparse.

Leigh suspiró.

—Supongo que tienes razón.

Gavin tomó su tenedor.

—A lo mejor Hayley y tú tenéis una doble.

—¿No crees que con dos es suficiente?

Gavin la miró a los ojos.

—No, yo creo que al mundo no le vendría mal contar con mucha más gente como Hayley y tú.

Capítulo ocho

Después de eso, Leigh no habría podido decir si la comida era buena. Comió de un modo automático, ensimismada en sus pensamientos de una relación con Gavin. Sabía que una aventura con él presentaría muchos problemas, pero no podían seguir ignorando la situación.

Se hallaban esperando que regresara la camarera con el cambio cuando el cosquilleo en la nuca se intensificó. Había desaparecido un rato, pero había regresado con más fuerza. Miró a la gente sentada a su alrededor.

—¿Sucede algo? —preguntó Gavin.

Leigh asintió.

—Nos están observando —dijo.

Él asintió.

—No sabía que lo habías visto. Vámonos.

—¿Ver a quién? ¿Y el cambio?

—Olvídalo.

Gavin se levantó y ella hizo lo mismo. El restaurante estaba aún más lleno que antes. Una fila de personas esperaba que los sentaran. Gavin la guió hasta el exterior.

—No te apartes de mí —le susurró en el pelo.

Una vez en la puerta, se detuvo un momento a observar la calle con atención.

—Vamos.

Leigh casi tuvo que correr para no perder su paso, pero no protestó. Sentía la misma urgencia.

—Cuando lleguemos al coche, entra y abróchate el cinturón —ordenó él—. Y te agachas.

—¿A quién has visto?

Gavin no contestó.

—¿A Nolan?

—No.

Antes de llegar al coche, oyó que se abrían las puertas con el control remoto. Gavin se dirigió inmediatamente al lado del conductor.

—¿A quién has visto? —preguntó ella cuando puso el motor en marcha.

—Keith Earlwood.

Leigh tardó un instante en establecer la relación. Recordó a un joven alto y delgado que había sido amigo de Nolan. El chico de la sonrisa lujuriosa y la risa irritante. Se le encogió el estomago.

—¿Dónde estaba?

—Cuando comíamos, en la acera de enfrente. Cuando nos hemos levantado lo he perdido.

—¿Todo el tiempo? ¿Estaba todo el tiempo en la acera de enfrente?

—No lo he visto llegar.

—¿Y por qué no has dicho nada?

Gavin salió al tráfico.

—Tiene tanto derecho a estar en Saratoga Springs como nosotros.

—¿Y entonces por qué huimos?

—Porque puede que no esté solo.

A ella se le encogió el estómago.

—Rellenamos los papeles para mantener alejado a Nolan.

Gavin la miró.

—Tú sabías que no haría caso a unos papeles.

—¿Y por qué nos molestamos?

—Para tener un motivo legal para actuar contra él si hace algo.

Leigh movió la cabeza. Observó que Gavin conducía pendiente de los espejos y resistió el impulso de volverse a mirar.

—Ya lo tengo —dijo él de pronto.

—¿Nos sigue?

—Alguien nos sigue. Un utilitario verde oscuro.

—Tú disfrutas con esto, ¿verdad?

Gavin la miró un instante.

—No olvidarás que ahora eres un abogado y no un chico de la calle, ¿verdad?

Él sonrió.

—No te preocupes.

—¿Qué vas a hacer?

—Darle un paseo por la zona.

—Podemos llamar a la policía.

Gavin se metió por una calle lateral.

—¿Y qué les decimos? No ha hecho nada ilegal.

—Todavía —murmuró ella.

Gavin sonrió de nuevo.

—No tengas miedo. Primero quiero comprobar que va solo y después charlaremos un rato con él. Relájate y déjame esto a mí.

A Leigh no le gustaba cómo sonaba aquello. Varias señales indicaban que se dirigían hacia el hipódromo, que a esa hora estaría cerrado al público, ya que la temporada de carreras no empezaba hasta julio.

Frunció aún más el ceño al ver que pasaban de largo. No sabía lo que hacía Gavin, pero era evidente que tenía un destino en mente.

Gavin tomó varios giros más hasta que el único coche que los seguía era un utilitario verde. Cuando su conductor se dio cuenta de que ahora resultaba muy visible, se retrasó un poco. Por lo menos no era una camioneta roja como la que los había sacado de la carretera varios días atrás.

Leigh odiaba recordar cómo la habían mirado Keith Earlwood y Martin Pepperton aquella noche siete años atrás. A menudo se había preguntado lo que habría ocurrido de no haber aparecido Gavin. De los tres hombres, Keith había parecido el menos peligroso entonces. Desde luego, no tenía nada que hacer con Gavin.

Se dio cuenta de que se encontraban en la parte de atrás del parque. Veía los techos de los establos a través de los árboles. Cuando entró en un tramo de carretera que terminaba en una valla, pisó el acelerador.

—¡Agárrate!

Metió la marcha atrás y retrocedió por un camino lateral que ella no había visto. El coche se detuvo de golpe, lanzándola contra el cinturón. Árboles y matorrales cubrían ambos lados del camino. Segundos después pasaba el coche verde.

—Te tengo —dijo él con una sonrisa de satisfacción.

Adelantó el coche y bloqueó la carretera. El otro conductor aún no se había dado cuenta de su error. Detuvo el coche unos pocos metros más allá, pero a cierta distancia de la verja. Parecía estar hablando por el móvil.

—Quédate en el coche y agáchate —ordenó Gavin.

Salió del vehículo, abrió la puerta de atrás y sacó un bate de béisbol del suelo. Leigh dio un respingo.

Earlwood aún no había visto la trampa.

Gavin lo vio dejar el teléfono y buscar la palanca de cambios con la mano. Abrió la puerta del conductor.

—Sal del coche, Keith —ordenó.

Earlwood había ganado algo de peso con los años, pero Gavin debía sacarle todavía unos diez kilos. Earlwood soltó un respingo y abrió mucho los ojos al ver el bate de béisbol.

—¿Qué vas a hacer? —preguntó con voz aguda por el miedo.

—Vamos a charlar un momento.

Earlwood se encogió en su asiento.

—No puedes pegarme. Eres un abogado.

Gavin sonrió

—¿Eso es lo que te ha dicho Ducort?

—Te detendrían.

—Si tú no puedes hablar, no sería fácil —dijo Gavin.

Retrocedió y golpeó la mano abierta con el bate.

—Es un farol.

Gavin bajó la voz hasta un ronroneo grave.

—Vamos a comprobarlo, ¿de acuerdo?

—¡Está bien, está bien!

Gavin decidió que a veces ayudaba tener reputación de malo. Una lástima que Leigh no se dejara intimidar tan fácilmente. La oyó salir del coche, pero en ese momento no podía permitirse el lujo de mirara y reñirla. Seguía con la atención puesta en Earlwood.

—¿No eres ya mayorcito para seguir haciéndole los recados a Ducort, Keith?

—No sé de qué me hablas.

Miró nervioso a Leigh. Su aparición pareció infundirle confianza. Hizo una mueca.

—Tú no vas a hacer nada con ella aquí.

—Al contrario —intervino Leigh—. Yo vengo a verle trabajar. A mí tampoco me gustas.

Gavin la miró sorprendido. Había tomado la pelota de béisbol y la lanzaba suavemente con la mano al tiempo que miraba a Earlwood con expresión fría y dura.

Aquella mujer lo dejaba admirado. No sabía si hablaba en serio o sólo intentaba apoyar su juego, pero la pelota era un buen toque.

—No me gusta que me espíen —añadió ella.

Gavin comprendió que necesitaba controlar la situación antes de que se le fuera de las manos.

—A mí tampoco, Keith, así que, ¿por qué no nos cuentas lo que ocurre? ¿Qué quiere tu amigo que hagas?

—¡Nada! —Earlwood miró a su alrededor y, al no ver a nadie, se encogió de hombros—. Nolan sólo me pidió que os vigilara a los dos, nada más.

—Y tú sigues haciendo lo que Ducort te dice —Gavin movió la cabeza—. Eso no es muy inteligente, Keith. ¿Por qué quiere que nos sigas?

—No lo sé, te lo juro. Yo he tenido algunos contratiempos con el trabajo últimamente. La economía, ¿sabes? Necesito dinero para mi negocio de tintorerías y Nolan me ofreció un préstamo sin intereses si os seguía un par de días. Sólo tengo que llamarle y contarle lo que hacéis, nada más.

La nuez de Adán le subía y bajaba por el largo cuello, pero, a pesar de su nerviosismo, Gavin intuía que decía la verdad. La economía era dura, sobre todo para los hombres de negocios pequeños, y Ducort tenía la costumbre de tragarse negocios en apuros.

Keith buscó apoyo en Leigh.

—Es la verdad, lo juro. Yo no quiero problemas.

—Entonces deberías cambiar de amigos —repuso ella con frialdad.

—No sé nada más de lo que he dicho —insistió Keith—. Nolan se ha enfadado mucho cuando le he dicho que habíais venido al hipódromo después de la cena.

Gavin miró el tramo de carretera que seguía vacío. Sabía que antes o después aparecería alguien y los interrumpiría.

—¿Y por qué se ha enfadado por eso? —preguntó.

—No tengo ni idea. Quería que escalara la valla y averiguara adónde ibais. ¿Te imaginas? Le he dicho que no —Earlwood extendió las manos—. No voy a hacer que me detengan por allanamiento sólo por seguiros.

—¿Y qué tenías que hacer si nos separábamos? —preguntó Leigh.

—Seguir contigo —contestó Earlwood—. Nolan siempre tuvo algo con tu hermana y contigo. En mi opinión, está loco.

—Nadie te ha preguntado —gruñó Gavin. Tendió la mano y sacó las llaves del coche del otro.

—¡Eh! ¿Qué haces?

Gavin se acercó al lado de la carretera y las lanzó hacia el bosque. Earlwood lo miró con furia; avanzó un par de pasos y se detuvo.

Gavin volvió hacia él, que retrocedió varios pasos más.

—No quiero que vuelvas a seguirnos —dijo Gavin—. No me gustaría tener que sostener otra conversación para hacerte comprender que voy en serio.

—La próxima vez que necesites un préstamo, acude a un banco —dijo Leigh.

—Está bien, está bien, ya me retiro. Pero yo que vosotros iría con cuidado —les advirtió Earlwood—. Nolan hace mucho que te odia, Jarret. Y está muy raro desde que mataron a Martin.

Gavin se paró en seco.

—¿Qué sabes tú de la muerte de Martin?

—Nada. Eh, tío, yo no sé nada. Hacía meses que no lo veía. Te lo juro. Ya no nos movemos en los mismos círculos.

Aquello también sonaba a verdad. Tal vez Ducort había conseguido que Keith lo ayudara a hacer algo, pero Gavin no lo imaginaba confiándose a él. Metió la mano en el coche de Earlwood y sacó su teléfono móvil.

—Eh, ¿qué haces? Lo necesito.

Gavin le dio la vuelta y le sacó la batería.

—Una sugerencia, Keith. Creo que puede ser buena idea que desaparezcas un par de días. No me parece que a Ducort le vayas a gustar mucho en este momento. Ha sido un placer hablar contigo.

Se metió la batería al bolsillo y le pasó el teléfono.

—Sube al coche, Leigh.

Por una vez, ella obedeció. Earlwood corrió al lado de la carretera a buscar sus llaves.

—Ahórrate el sermón —dijo la joven cuando ambos hubieron subido al coche. Lanzó la pelota al asiento de atrás y se abrochó el cinturón—. Yo no acepto órdenes de nadie. Y por si lo has olvidado, tú trabajas para mí.

Gavin le cubrió la mano con la suya y ella dio un salto, cosa que indicaba lo tensa que en realidad estaba.

—Un hombre podría hacer cosas peores que tenerte a ti para cubrirle las espaldas.

Ella abrió los labios, pero no dijo nada. Gavin la soltó para eludir una furgoneta.

—Me resulta curioso que Ducort esté muy raro desde la muerte de Pepperton. ¿A ti no?

—Sí.

—Me parece que necesito tener otra conversación con él.

—¡No! —ella le tomó el brazo—. Por favor. Deja que la policía se ocupe de Nolan.

—Me encantaría, pero ellos no pueden hacer nada hasta que actúe y yo no pienso darle esa oportunidad.

—Aunque agradezco tu preocupación, no permitiré que hagas tonterías para protegerme.

—¿Estás preocupada por mí?

—Sí. No quiero tener que cambiar de abogado.

Gavin sonrió.

—En ese caso, te conseguiremos protección profesional.

—¿Te refieres a un guardaespaldas? Por

supuesto que no.

—Ducort puede ir a por ti.

—Puedo pedirle el perro a R.J. Su tamaño asustaría a mucha gente.

Gavin pensó un momento.

—No es mala idea.

—Yo lo decía en broma.

—Yo no.

Ella se recostó en el asiento y cerró los ojos.

—¿Qué vas a hacer con la batería del móvil?

—Se la echaré esta noche en el buzón —suspiró Gavin—. Me resulta curioso que Ducort se haya puesto furioso porque estuviéramos en el hipódromo.

—Tú no creerás que él disparó a Martin, ¿verdad?

—Cualquiera puede matar si la provocación es lo bastante fuerte.

—Vale, pero si lo hizo, ¿por qué le iba a importar que estemos aquí? No somos policías, ni siquiera hacemos preguntas sobre él.

—Pero él no lo sabe. ¿No has dicho que el hombre que te ha abordado en el restaurante quería que le dieras un mensaje al veterinario?

—Sí.

—Tal vez tenga relación con el hipódromo.

—¿Y qué?

—No sé. Supón que Ducort tiene la conciencia culpable y que Earlwood le dice que has hablado con un hombre del hipódromo y después vamos directamente allí después de cenar. Si Ducort tiene la conciencia culpable, se sentirá paranoico. ¿Por qué crees que le ha dicho a Keith que saltara la valla y nos siguiera?

Su teléfono móvil sonó antes de que ella pudiera contestar.

—Aquí Jarret.

—Soy R.J. ¿Sabes dónde está Leigh?

—Aquí conmigo. ¿Qué sucede?

La joven se enderezó en su asiento.

—He encontrado algo en la casa. Creo que debéis venir a verlo.

—Estamos volviendo de Saratoga Springs. ¿Quieres decirme de qué se trata?

—Por teléfono no. Os espero en Heartskeep.

Colgó y Gavin hizo lo propio.

—R.J. quiere que vayamos a Heartskeep. Dice que ha encontrado algo que quiere que veamos.

—¿Qué?

—No lo ha dicho.

Cuando pararon delante de Heartskeep, comenzaba a oscurecer y la casa tenía un aire fantasmal y desierto. La camioneta de R.J. era el único vehículo que quedaba allí.

Lucky ladró desde el interior de la casa y R.J. abrió la puerta antes de que llegaran a ella.

—Siento haber sido tan enigmático por teléfono, pero no quería que me oyera nadie —dijo—. He tenido un pequeño accidente.

Gavin lo miró de arriba abajo.

—¿Estás bien?

—Sí. El accidente ha sido con una de las paredes de arriba. Le he hecho un agujero.

—No te preocupes —dijo Leigh—. Podemos repararla...

—Claro que sí, pero no os he llamado por eso. Lo que quiero enseñaros es lo que he encontrado al otro lado de la pared —sonrió con malicia.

—¿Qué ocurre, R.J.? —preguntó Gavin con cierto enojo.

El otro no dejó de sonreír. Miró a Leigh.

—¿Esta casa tiene muchos pasadizos secretos y habitaciones ocultas?

—¿De qué estás hablando?

El constructor apenas podía contener su entusiasmo.

—Venid conmigo.

Lucky echó a correr delante escaleras arriba.

—Siempre reviso una obra antes de que

acabe el día. Hoy he repasado toda la casa en cuanto se han ido los obreros. La cerrajera ha cambiado todas las cerraduras y quería estar seguro de que no quedaba nadie dentro.

—¿Has mirado en las galerías? —preguntó Gavin.

—Sí. Y tú tenías razón, la puerta está en la alacena. Bueno, pues uno de mis hombres ha dejado unas herramientas en el suelo y yo he levantado el martillo, enojado, y he golpeado sin querer una tabla suelta. He intentado agarrarla antes de que cayera y se han caído otras cosas. En el proceso, el martillo que todavía sujetaba ha atravesado el panel de madera.

Apartó la soga que bloqueaba el pasillo del ala izquierda. Un agujero en una de las paredes servía ahora de entrada a la suite del abuelo de Leigh. La parte frontal de la estancia estaba reducida a vigas cruzadas, sin suelo.

—Id con cuidado. No toquéis nada y mirad dónde pisáis. No queda mucho suelo sólido.

Los guió a través del agujero hasta lo que había sido el baño de su abuelo. Las tuberías habían desaparecido junto con las paredes que lo habían separado de la suite.

—Aquí ya hemos terminado de sacar cosas

—dijo R.J.—. El suelo que queda está en buen estado, pero tened cuidado con dónde pisáis.

Aunque habían retirado los daños causados por el fuego, el olor a madera quemada persistía todavía en el aire. R.J. miró la pared no dañada, en cuyo panel de madera había un agujero pequeño.

—Pasa la mano por ese panel —le dijo a Gavin.

Leigh lo miró hacer lo que le decían.

—Aprieta —pidió R.J.

Hubo un ruido apenas discernible. Una sección entera de la pared se hundió varios centímetros, como si girara sobre goznes. Se deslizó hacia atrás y mostró una entrada oculta a una habitación pequeña.

Leigh dio un respingo.

—Un diseño ingenioso —comentó R.J.—. Se puede ver que lo instalaron cuando se construyó la casa. Y tu abuelo debía tener los goznes bien lubricados. Esta habitación incluso tiene cables eléctricos. Por desgracia, esta parte de la casa sigue sin electricidad, aunque en el resto ya hay.

Encendió una linterna potente e iluminó la estancia sin ventanas. Las paredes estaban inacabadas y el suelo era de madera desnuda. Una mesa vieja sostenía un ordenador cubierto de polvo, con teclado, pantalla, ratón e impresora. En el suelo, al lado de la mesa, había un archivador metálico; una silla plegable y una lámpara de pie completaban el mobiliario.

—No sabía que esto existía —comentó Leigh.

—Lo suponía. Antes de entrar, fijaos en que mis huellas son las únicas que hay en el polvo —señaló R.J.—. Yo diría que muy poca gente conocía la existencia de esta habitación. Me parece que hace tiempo que no entra nadie.

—Siete años —murmuró Leigh—. Es el tiempo que hace que murió mi abuelo.

Gavin entró en la estancia y pasó la mano por la capa de polvo y hollín que cubría el teclado.

—Hay más —anunció R.J.

Alumbró con la linterna la pared más alejada, donde se veía la silueta de otra puerta.

—Funciona del mismo modo y resulta igual de invisible desde el otro lado. Me encantaría conocer al hombre que diseñó esto.

—¿Adónde lleva esa puerta? —preguntó Gavin. Se acercó a estudiar más de cerca el mecanismo.

—Al otro lado está el armario de un dormitorio —dijo R.J.

—El cuarto de Jacob —le recordó Leigh.

Gavin encontró el segundo mecanismo y

abrió el panel. Se agachó para evitar la barra de la ropa y las perchas vacías que colgaban en el armario y entró en éste.

—Cierra el panel —dijo a R.J.—. Quiero ver si puedo abrirlo desde este lado.

Leigh se reunió con él.

—¿Tú dijiste que todos los armarios de la casa están cubiertos de madera de cedro? —preguntó Gavin.

—Sí —musitó ella—. ¿Crees que hay más habitaciones ocultas?

—No lo sabremos hasta que las busquemos.

Una vez cerrada, la entrada resultaba invisible. El panel de cedro la disimulaba, haciendo que pareciera una juntura más. Gavin pasó las manos por los tableros.

—Ya lo he encontrado —dijo—. Cuando sabes lo que tienes que buscar, es fácil. ¿Por qué no pruebas tú?

Leigh intercambió su lugar con él y pasó los dedos por la madera hasta que notó una leve depresión. Empujó con firmeza y la puerta se deslizó sin hacer ruido.

R.J. sonreía todavía.

—¿Qué os parece?

—Me parece que de momento deberíamos guardar esto en secreto.

R.J. dejó de sonreír.

—¿Por qué?

En lugar de contestar, Gavin miró a Leigh.

—Si tu abuelo escondió ese ordenador antes de morir, seguro que tenía un buen motivo.

Leigh abrió mucho los ojos.

—Puede que exagere —prosiguió él—. Pero creo que no queremos que nadie sepa lo que hemos encontrado hasta que lo examinemos bien. Más vale que saquemos el ordenador de aquí.

—Espero que le quitéis bien el polvo antes de intentar conectarlo o podríais provocar otro incendio —señaló R.J.

—Tienes razón.

—Tengo un carrito en mi camioneta —dijo el constructor—. ¿Quieres sacar también el archivador?

—¿Dónde los vamos a llevar? —preguntó Leigh.

—¿A la biblioteca?

Leigh miró a R.J.

—¿Seguro que no queda nadie más en la casa aparte de nosotros?

Gavin se puso tenso.

R.J. frunció el ceño.

—Razonablemente seguro; con una casa de este tamaño no es fácil saberlo, pero Lucky no ha dado la alarma en ningún momento.

—¿Y lo haría si se tratara de alguien que conoce?

—¿Qué estás pensando, Leigh? —preguntó Gavin.

La joven movió la cabeza.

—No lo sé... sólo estoy nerviosa.

Gavin se pasó una mano por el pelo.

—¿Puedes tapar el agujero y que no lo vean tus hombres?

—Claro. Eso no es problema.

—Y bloquea el mecanismo por ese lado —sugirió Gavin—. Seguiremos teniendo acceso por este dormitorio, pero así tus hombres no podrán encontrarlo por accidente, como has hecho tú.

—¿Queréis decirme qué está pasando?

—¡Ojalá lo supiéramos!

Capítulo nueve

Decidieron dejar el archivador donde estaba hasta la mañana siguiente. La noche envolvía la casa en un manto tan oscuro que ni siquiera las estrellas alumbraban el cielo. Cuando Gavin cargaba el ordenador en el maletero de su coche, sorprendió a Leigh mirando hacia la casa.

—¿Qué? —preguntó.

Ella apartó la vista con un escalofrío. Los faros del coche de R.J. desaparecían ya por el camino.

—Tengo una imaginación muy activa —comentó.

—Tú no eres la única —musitó él—. Este sitio es muy tétrico en la oscuridad. Vamos a llevar el ordenador a casa de los Walken y...

—No podemos llevarlo allí.

—¿Por qué?

—Los Jenkins cenan con ellos y ya sabes lo cotilla que es la señora Jenkins. ¿Por qué no lo llevamos a tu casa?

Hasta aquel momento, Gavin no había pensado dos veces en el apartamento que había alquilado encima de la tintorería en el centro del pueblo. Barato y amueblado, respondía bien a sus necesidades cuando empezó a trabajar con Ira.

—¿Hay algún problema, Gavin?

—Si a ti no te molesta, no. Sugeriría que lleváramos el ordenador a mi despacho, pero eso requeriría algunas explicaciones por la mañana.

—¿Y por qué me va a molestar ir a tu casa? Ni siquiera sé dónde está.

—En el pueblo, encima de la tintorería.

—¿Una de las de Keith?

Gavin le devolvió la mirada.

—Nunca lo había pensado. Supongo que sí.

—Keith no es el dueño del edificio, ¿verdad?

—No que yo sepa. Yo lo alquilé a través de una inmobiliaria. La familia Earlwood tenía tintorerías y jugaban en bolsa, no inmobiliarias.

—O sea que no tiene motivos para saber que vives allí.

—Seguramente no.

—Supongo que estaremos seguros. Aunque me parece una coincidencia rara que vivas encima de una de las tintorerías de Keith.

—No tanto. En un pueblo como Stony Ridge no hay muchos sitios de alquiler.

—Cierto.

Gavin puso el coche en marcha, ansioso por alejarse de la vieja mansión, donde estaban completamente aislados.

—Me gustaría saber qué es lo que temía Nolan que descubriéramos en el hipódromo —dijo—. Me resulta raro que Earlwood, Pepperton y él hayan mantenido la relación a lo largo de los años.

—¿Por qué?

—No tenían mucho en común. Martin Pepperton era de la jet set de las carreras. El dinero y la posición de su familia lo separaban de todos los demás de la escuela. Siempre me pregunté qué hacía aquí.

—A lo mejor lo habían expulsado de un colegio privado.

—Es posible. A Ducort también. Presumía de ello. Me lo imagino manteniendo el contacto con Pepperton debido a sus relaciones, pero lo de Earlwood me confunde. No tenía ni dinero ni encanto para seguir con los otros dos. Me resulta raro que le siga haciendo recados a Nolan después de tanto tiempo.

—Ha dicho que Nolan le iba a prestar dinero —señaló ella.

—Lo sé. Pero no me gusta.

Guardaron silencio unos minutos.

—¿Crees que habrá más habitaciones ocultas en la casa? —preguntó Leigh—.

Ahora me siento ridícula por tener tanto miedo del desván cuando podían espiarme desde cualquier sitio.

—¿Por qué te daba miedo el desván?

—No lo sé. Supongo que porque siempre estaba cerrado con llave. Los secretos dan miedo, ¿no?

—Yo diría que es improbable que haya una habitación oculta en cada armario. La de tu abuelo ni siquiera estaba unida a un armario en su extremo.

—Pude que antes sí. La suite del abuelo antes ocupaba dos dormitorios separados. Él la cambió antes de que fuéramos nosotros a vivir allí.

Gavin pensó en aquello mientras entraban en Stony Ridge. El lugar estaba tan tranquilo que parecía un pueblo fantasma. Y aquella idea no le gustaba nada en ese momento.

Llevó el coche a la parte de atrás del centro comercial, donde aparcaba siempre, pero, cuando sus faros iluminaron el aparcamiento, captó un movimiento justo fuera de su alcance. No fue nada concreto, pero bastó para encender las alarmas en su mente.

Detrás del aparcamiento, el suelo daba paso a una colina empinada donde a veces había zorros y otra fauna salvaje. ¿Y también alguien con una pistola y ganas de vengarse?

Pisó los frenos y metió la marcha atrás.

—¡Agáchate!

—¿Qué ocurre? —preguntó Leigh, hundiéndose en el asiento.

—He visto un movimiento cerca de la colina. Puede haber sido el viento, pero no vamos a correr riesgos. Un enfrentamiento al día es mi límite.

—No hay viento.

—Lo sé.

Salió a la calle, donde había muchos espacios para aparcar. Las tiendas estaban vacías y a oscuras a esa hora, pero de vez en cuando pasaba un coche y había luz en casi todos los apartamentos de encima de las tiendas. Si alguien los esperaba detrás de su edificio, podía esperar toda la noche; Gavin no tenía intención de tentar al destino, y menos con Leigh a su lado.

—¿Crees que Keith ha llamado a Nolan? —preguntó ella.

—En cuanto haya tenido acceso a un teléfono —repuso él. Aparcó y apagó el motor, pero se quedó sentado sin sacar las llaves.

—¿Entramos? —preguntó ella.

—No. Creo que te voy a llevar a casa de los Walken.

—De eso nada. Ya estamos aquí y quiero ver tu apartamento.

—No hay mucho que ver —sonrió él—.

Es sólo un lugar donde dormir mientras trabaje en el pueblo.

—Hablas como si pensaras irte.

—No lo sé. Ira necesitaba a alguien justo en el momento en el que yo decidí que no sería feliz en el bufete grande en el que trabajaba —mientras hablaba, sus ojos observaban la calle—. Aunque también estaba pensando montar un bufete con un amigo en Nueva York.

Leigh siguió su mirada.

—¿Qué buscas?

—Problemas —lanzó una maldición al ver un coche verde familiar aparcado a poca distancia de ellos—. Y creo que los he encontrado.

—El coche de Keith —susurró Leigh.

—Tenía que haber tirado sus llaves más lejos.

Aquello no lo espera. Keith no le parecía capaz de vengarse a menos que alguien lo presionara, pero, por otra parte, una emboscada con varios «amigos» sí entraba en el estilo de Ducort.

—Supongo que no te quedarás en el coche mientras voy a echar un vistazo —comentó.

—Supones bien.

Ya no tenía sentido llevar a Leigh a su apartamento. Lo único que podía hacer era...

—¡Gavin! Hay alguien dentro de la tintorería.

Él miró en aquella dirección. Una sombra se movía dentro de la oscuridad, pero luego desapareció de su vista.

—No es muy sutil, ¿verdad?

—Deberíamos llamar a la policía.

—La tienda es de Earlwood. Tiene todo el derecho a estar dentro si quiere.

—Pero está esperando que vuelvas a casa.

—Eso no lo sabemos. Puede tener otro motivo para estar ahí.

Leigh lo miró exasperada.

—¿Y qué vamos a hacer?

Gavin pensó un momento.

—Creo que voy a seguir tu primera idea —sacó el móvil y marcó un número—. Quiero denunciar que hay un intruso dentro de la tintorería de Roster Avenue —dijo, después de identificarse.

Leigh sonrió con aprobación. Ambos miraron hacia el edificio.

Una bola de fuego gigante explotó de repente dentro de la tienda y todos los cristales saltaron por los aires.

—¡Envíen a los bomberos! —gritó Gavin en el teléfono—. La tienda acaba de explotar —soltó el teléfono—. ¡Quédate aquí!

Keith Earlwood, o quienquiera que fuera

la figura de antes, seguía dentro del edificio. Gavin cruzó la calle corriendo y pensando qué podía haber causado la explosión.

Casi todo el cristal del escaparate estaba en el suelo, pero quedaban todavía trozos grandes y afilados. Confiaba en que Earlwood hubiera podido escapar, pero para eso tendría que haber salido por la parte de atrás. Se disponía a cambiar de dirección, cuando notó que algo se movía dentro de la tienda.

Lanzo un juramento al ver una figura en llamas que se tambaleaba en dirección a la puerta.

Gavin fue el primero en llegar, pero la puerta estaba cerrada. Habían estallado todos los cristales del edificio menos el de encima de la puerta. El destino o la pared de dentro lo habían protegido. Buscó frenéticamente algo para romperlo y Leigh se acercó corriendo con el bate de béisbol en la mano.

Gavin lo tomó y rompió el cristal. Una nube de humo y calor salió hacia él. Dejó el bate, metió la mano e intentó abrir la cerradura.

La figura cayó al suelo, retorciéndose entre las llamas. Gavin y Leigh agarraron una tela que colgaba en el escaparate y golpearon las llamas con ella. Volaron ascuas en todas direcciones. La figura dejó de moverse y Gavin confió en que sólo se hubiera desmayado, aunque Earlwood estaba muy quemado.

—¡Hay que sacarlo de aquí! —exclamó Leigh, atragantándose con el humo.

Juntos lo sacaron a la acera. Un motorista que pasaba paró y corrió hacia ellos con un extintor pequeño.

Una segunda explosión sacudió el edificio, que pareció llenarse de llamas al tiempo que la calle vacía empezaba a llenarse de gente.

El sonido de las sirenas anunció la llegada de la policía y de los bomberos. Gavin tiró de Leigh a un lado para hacer sitio al personal de la ambulancia. Sabía que no podrían hacer mucho por la víctima y que sería un milagro que Earlwood sobreviviera.

Los bomberos los apartaron a todos y empezaron a trabajar. Gavin abrazó a Leigh con fuerza y otra explosión sacudió el barrio.

—¿Qué está pasando? —preguntó ella.

—No lo sé.

Wyatt Crossley surgió entre un mar de rostros. Gavin notó que su amigo no iba de uniforme, pero eso no le quitaba autoridad. Dio un par de órdenes, los miró un momento e hizo una seña con la mano.

—Necesitamos un médico aquí.

Gavin miró a Leigh. Le corría sangre por el brazo.

—¡Estás herida! —exclamó.

—No.

—Eres tú el que está herido, Gavin —dijo Wyatt—. Te sangra la mano.

Era cierto. Tenía un corte en la palma y sangraba con profusión.

—Supongo que me he cortado al abrir la puerta.

—También te has quemado —dijo Leigh preocupada.

En el dorso de la mano empezaban a formarse ampollas pequeñas.

—Gracias. Hasta ahora no había sentido nada —pero empezaban a doler con ganas.

—¿Seguro que usted está bien? —preguntó Wyatt a Leigh.

Leigh asintió con la cabeza.

—Sí. El héroe ha sido él.

—Yo no estaba solo —señaló Gavin.

—¿Qué ha pasado? —le preguntó Wyatt, mientras un enfermero le curaba las manos.

—Yo creo que Keith Earlwood intentaba quemar el edificio y algo ha ido mal.

Leigh respiró hondo.

—¿Quería matarte?

—¿Y por qué iba a hacer eso? —preguntó Wyatt.

—Ella lo dice porque yo vivo encima

de la tintorería y, si hubiera estado en mi apartamento, podía haber muerto —repuso Gavin—. No es ningún secreto que Earlwood necesitaba dinero. Mucha gente tonta piensa que el seguro es un modo fácil de cobrar.

—¿Crees que la víctima es Keith Earlwood?

—Sí —Gavin señaló calle abajo—. Su coche está aparcado al otro lado de ese camión de bomberos. Leigh y yo íbamos a subir a mi casa cuando hemos visto a alguien moviéndose dentro de la tienda en la oscuridad. He llamado a la policía y estaba hablando con ellos cuando ha explotado la tienda.

Wyatt asintió con la cabeza.

—Por cierto, soy Wyatt Crossley —dijo a Leigh—. Usted debe de ser Leigh Thomas.

—Sí.

El jefe de bomberos se acercó en ese momento a Wyatt.

—Despejen la calle ahora mismo. Hay una tubería de gas en peligro. Puede volar toda la manzana.

Wyatt se alejó apresuradamente y empezó a gritar órdenes a sus hombres.

—Gracias —dijo Gavin al hombre que le había vendado la mano—. Vamos a ver si podemos sacar mi coche de aquí —dijo a Leigh.

Enseguida vieron que no iba a ser posible. Los coches de bomberos y los de la policía les bloqueaban el paso.

—¿Y ahora qué?

—¿Leigh? ¿Eres tú?

Jacob Voxx se apartó de la gente a la que estaban ordenando que se retirara.

—¡Jacob! ¿Qué haces aquí?

—Estaba cruzando el pueblo, pero me ha parado el fuego. Eh, ¿estáis bien? Parece que los dos hayáis estado dentro del incendio.

—Gavin y yo hemos ayudado a sacar a un hombre del edificio.

Jacob movió la cabeza.

—¿Qué tenéis tu hermana y tú con los fuegos?

—¡Amigos, tienen que despejar la calle! —gritó un agente de policía joven.

—¿Queréis que os lleve a alguna parte? —preguntó Jacob—. Mi coche está ahí.

Leigh miró a Gavin. El primer instinto de ella fue negarse, pero eso implicaba llamar a alguien para que fuera a buscarlos.

—Gracias —dijo—. Te lo agradeceríamos mucho.

—¿Adónde?

—A casa de los Walken.

—Ya no llevas el brazo en cabestrillo —dijo Leigh—. ¿Está mejor?

—Sí. Me duele aún, pero se está curando. Tú tienes un par de quemaduras malas, Gavin; seguro que te duelen. ¿A quién habéis sacado del edificio?

—Creemos que era Keith Earlwood —dijo Gavin—. Pero tiene muchas quemaduras.

—Han dicho que ha explotado una tubería de gas.

—Nosotros hemos oído lo mismo —repuso Gavin —miró sorprendido el deportivo del otro—. Bonito coche.

—Gracias, cuesta una fortuna, pero hice un trato interesante con un amigo. Le habían quitado el carné y básicamente yo sólo tuve que encargarme de las letras que faltaban. Es un poco estrecho atrás, Leigh, pero no es la primera vez que vamos tres personas.

—Me las arreglaré —dijo ella.

—Deja en el suelo todo lo que hay en el asiento.

Gavin notó que uno de esos artículos era un paquete de chicles. Eran de frutas y no de menta, pero miró a Jacob con curiosidad.

—¿Cómo te ganas la vida? —preguntó.

—Trabajo en informática.

—¿En qué exactamente?

Jacob sonrió.

—Principalmente soy programador, pero a veces también creo sistemas. Tengo un buen empleo en una empresa llamada Via-Tek. La base está en Nueva York, pero yo trabajo mucho desde casa. Sólo necesito un ordenador y un módem y puedo trabajar desde cualquier sitio.

—Debe ser agradable.

—Sí. El sueldo es bueno.

—¿Cómo está tu madre? —preguntó Leigh.

—No lo sé, hace un par de días que no hablo con ella. Siento que se portara así el otro día en tu despacho, Gavin. Está muy alterada desde la muerte de Marcus. Me temo que se había acostumbrado a ser la señora de la mansión —miró a Leigh con aire de disculpa por el espejo retrovisor.

—No necesitas disculparte por ella.

—Lo sé. Parte del problema es que acababa de descubrir que Marcus había vaciado sus cuentas.

—¿Qué? —preguntó Gavin.

—Ah, sí. No le ha dejado dinero. Yo pensaba que, después de tantos año de doctor, tendría mucho dinero, pero la realidad es que estaba en la ruina.

—¿Ella está bien? —preguntó Leigh—. ¿Necesita dinero?

Gavin frunció el ceño, pero Jacob negaba ya con la cabeza.

—No, pero gracias. Mamá estará bien, es una superviviente. Lleva años ahorrando por su cuenta. Supongo que cuando murió

Marcus pensó que sería rica y fue una sorpresa descubrir que su cuenta estaba vacía. Pero eso no disculpa su comportamiento. Siempre ha sido muy nerviosa.

—¿Seguro que Marcus estaba en la ruina? —preguntó Gavin.

—Eso me ha dicho mamá.

—Pero eso no tiene sentido —declaró Leigh—. Puede que no fuera el mejor médico del mundo, pero tenía muchos pacientes y ningún gasto. Vivir en Heartskeep no le costaba nada. ¿Qué hacía con todo su dinero?

Jacob se encogió de hombros.

—Ni idea. A lo mejor lo perdió apostando a los caballos. No lo sé. Sólo sé que, según dice mi madre, no hay dinero.

Lo cual explicaba en parte por qué Eden se había llevado todo lo que había podido de la casa.

—¿Marcus tenía problemas con el juego? —preguntó Gavin, cuando se acercaban a casa de los Walken.

—No que yo sepa. Mamá me habría dicho algo.

Gavin frunció el ceño.

—Gracias por traernos —dijo.

—De nada.

—¿Estarás en contacto? —le preguntó Leigh.

—Cuenta con ello.

—¿Dónde te hospedas? —preguntó Gavin.

—Esta noche con un amigo, pero mañana vuelvo a Nueva York. Tengo una reunión allí por la tarde.

—Bien, cuídate —le dijo Leigh.

—Tú también. No soy yo el que se mete en edificios en llamas. Buenas noches.

A juzgar por el coche aparcado delante de la casa, los Walken tenían todavía compañía.

—Entremos por la parte de atrás —sugirió Gavin.

—Buena idea —asintió ella—. ¿Qué crees que ha sido de todo el dinero, Gavin?

—Buena pregunta.

Nan estaba en la cocina, por lo que subieron apresuradamente por la escalera de atrás.

Leigh se detuvo al llegar arriba.

—Acabo de darme cuenta de que has perdido todo lo que tenías en ese fuego.

—No era gran cosa. Ropa y libros —Gavin se encogió de hombros—. Lo único que lamento es la foto de mi familia, pero seguramente hay otra copia en alguna parte.

—¿Dónde?

—Mis abuelos murieron cuando estaba en el instituto. George guardó sus cosas y las metió en un almacén.

—¿Y nunca has ido a verlas?

Gavin se encogió de hombros.

—No me llevaba muy bien con ellos. Eran muy estrictos y amantes de la disciplina. Ya puedes imaginarte cómo fue nuestra relación cuando me fui a vivir con ellos después de que mis tíos tiraran la toalla conmigo. Es cierto que se esforzaron por seguir en contacto cuando me llevaron a casas de acogida, pero nunca encontramos el modo de comunicarnos.

Leigh le puso una mano en el brazo.

—Lo siento.

—Yo también. Por muchas cosas —miró la mano de ella, que no la apartó.

—Si te refieres a lo que sucedió entre nosotros, no hay nada que sentir.

—¿No?

Leigh apartó la mano.

—Sólo si disfrutas haciéndote el mártir. ¿De verdad te parezco tan frágil y traumatizada?

—No.

—¿Sabes lo que creo, Gavin? Yo creo que fuiste tú el que se traumatizó aquella noche.

Él se frotó la mandíbula y la miró pensativo.

—Quizá tengas razón. Desde luego, fue

uno de los puntos de giro de mi vida.

Leigh suspiró aliviada.

—De la mía también, pero a mí me gusta pensar que hay una razón para las cosas que ocurren. Aprendemos de ellas y seguimos adelante.

Gavin sonrió.

—¿Cuál es tu habitación?

—Allí —señaló ella—. Bram y Hayley están enfrente.

—Entonces yo me quedaré en la de al lado de la suya.

Leigh lo miró a los ojos, aunque no pudo adivinar lo que pensaba. Quizá había llegado el momento de ser más asertiva.

—Puedes quedarte conmigo —dijo.

Él se quedó muy quieto y a ella empezó a latirle con fuerza el corazón.

Gavin le recorrió la mejilla con un dedo.

—Nada me gustaría más, pero...

—No —protestó ella—. Nada de peros. Odio esa palabra.

—Yo también —repuso él con suavidad—. Y ahora más que nunca. Pero ya he traicionado bastante mis principios en lo que a ti respecta.

Leigh estaba decidida a que no notara cómo la herían aquellas palabras. Resentía la amabilidad de sus ojos. No quería su amabilidad, quería...

—Esta noche ninguno de los dos pensamos con claridad —añadió él—. Y sinceramente, estoy agotado. Descansa, Leigh. Mañana tenemos muchas decisiones que tomar.

La besó en la cabeza sin darle tiempo a contestar y se volvió. Leigh lo miró entrar en la habitación y cerrar la puerta sin mirar atrás.

No la deseaba.

Oyó pasos en la escalera de atrás y se volvió.

—¡Leigh! —dijo George sorprendido—. A Nan le ha parecido que oía subir a alguien —miró su cara manchada de humo—. ¿Qué ha ocurrido? ¿Estás bien?

—Sí.

Le contó lo de las explosiones y el fuego y que Jacob los había llevado a casa.

—Y creo que debes hablar con Gavin. Además de quemarse y cortarse en el rescate, ha perdido todo lo que había en su apartamento.

Y ella sólo había perdido su corazón.

—Necesitará ropa para mañana —añadió.

—¿Seguro que tú estás bien? ¿Quieres que llame a Emily?

—No, por favor —no quería hablar con nadie más esa noche—. Me voy a duchar y a meter en la cama.

—Tu hermana ha intentado localizarte. Ha dejado un número.

—La llamaré mañana.

George la miró un momento.

—De acuerdo. Que duermas bien.

—Lo intentaré —prometió ella.

Capítulo diez

Leigh hizo acopio de valor y entró en el cuarto de Gavin en el mismo instante en que sonaba un trueno. Se detuvo de golpe. Él acababa de salir de la ducha y estaba completamente desnudo.

Hubiera sido difícil decir quién de los dos se sorprendió más, pero él fue el primero en reaccionar. Lanzó una maldición y se ató a la cintura la toalla con la que se secaba el pelo.

—Has dicho que pasara —protestó ella.

—Pensaba que eras George. Ha venido antes.

—Pues no. Él es más alto —repuso ella.

Gavin no pareció divertido.

—¿Qué haces aquí?

—¿Disfrutar del espectáculo?

Él hizo una mueca.

—George volverá en cualquier momento con ropa; no quiero que ninguno de los dos nos sintamos avergonzados.

—No te preocupes, tú no tienes ningún motivo. No me quedaré. Sólo he venido a decirte algo.

Un relámpago cruzó el cielo más allá de la

ventana. El trueno no tardó en seguirlo. Ella apenas consiguió reprimir un escalofrío.

—Odio las tormentas.

Gavin se pasó los dedos por el pelo mojado.

—¿Eso es lo que querías decirme? —gruñó.

—No. Vengo a decirte que estás despedido. Por la mañana pediré al tribunal que designen otro administrador. Siento haberte molestado, pero he pensado que querrías saberlo —sonrió con dulzura fingida—. Que duermas bien.

Gavin lanzó un juramento.

—¡Leigh! ¡Vuelve aquí!

Cuando ella cerró la puerta, vio a George que se acercaba por el pasillo.

—Yo en tu lugar le tiraría la ropa y me largaría —le dijo—. Me parece que las tormentas lo ponen de mal humor.

Gavin abrió la puerta.

—Leigh...

—Buenas noches, George —ella escapó a su habitación y cerró la puerta. Le temblaban las rodillas y el corazón le latía con fuerza, pero al menos no se había derrumbado.

Oyó un momento las voces ininteligibles de los dos hombres y después todo quedó en silencio.

Se quitó la bata, la lanzó sobre una silla y

se metió en la cama. El siguiente movimiento dependía de Gavin.

Había pensado mucho su plan antes de ponerlo en práctica. Si se equivocaba, su ego sufriría un duro golpe, pero prefería la verdad a seguir deshojando pétalos de una margarita imaginaria.

Aquello tenía que salir bien.

Gavin empujó la puerta y entró sin llamar. Seguía con el pelo mojado y vestía sólo unos pantalones, sin camisa ni zapatos.

—¿Eso es una broma? —preguntó.

La lluvia golpeaba los cristales.

—No —repuso ella con tristeza—. Estás despedido.

Gavin la observó y ella resistió el impulso de subir más la ropa de la cama. El camisón azul era bastante respetable.

—Creo que lo dices en serio.

—Sí.

—¿Me despides porque no me acuesto contigo?

—Claro que no. Te despido porque no quiero que comprometas más tus principios por mí.

—He herido tus sentimientos.

—Sí, pero ahora no se trata de eso. Lo he pensado bien y no quería esperar a mañana para tomar decisiones.

Él achicó los ojos.

—Esto no va a funcionar y lo sabes —prosiguió ella—. Quería decírtelo cuanto antes para que empieces a pensar quién puede sustituirte.

Otro trueno cerró su frase. La expresión de Gavin era impenetrable. Resultaba imposible saber si estaba furioso o divertido. Quizá él tampoco lo sabía.

—No sé si quiero darte una paliza o besarte hasta que pierdas el sentido —dijo.

A ella se le aceleró el pulso.

—Podemos ir a por la tercera opción. Vuelve a tu cuarto y lo pensamos esta noche.

—Me parece que no —gruñó él—. Tengo que admitir que ninguna mujer se había tomado tantas molestias para llevarme a la cama.

Un relámpago y un trueno explotaron casi a la vez. La habitación quedó a oscuras y Leigh soltó un respingo.

—¿Prefieres el lado izquierdo de la cama o el derecho? —preguntó él.

El sonido de su cremallera al bajarse fue toda una sorpresa.

—¿Qué haces? —preguntó ella.

—Darte lo que quieres.

Leigh oyó el ruido de los pantalones de él al caer en la alfombra. Sintió la boca seca.

—Tú no sabes lo que quiero —dijo temblorosa.

Él dio la vuelta a la cama y un relámpago iluminó su figura un instante.

—Tienes razón. No lo sé. Los hombres y las mujeres no pensamos igual.

Apartó la ropa de la cama y ella se estremeció.

—¿Estás... desnudo?

—Yo siempre duermo así —contestó él, deslizándose a su lado.

—Esto no es lo que quiero.

—Pues lo siento. Yo tampoco lo quería, pero la vida rara vez nos da lo que queremos.

Ella se sentó en la cama.

—¡No soy una niña!

—Pues deja de actuar como tal. Es tarde y estoy cansado. Me gustaría dormir un poco.

—¿Dormir? —preguntó ella, atónita—. ¿Vas a dormir? ¿Aquí?

Fuera la tormenta mostró su aprobación con varios relámpagos espectaculares.

—Admito que no va a ser fácil si tú no dejas de hablar.

—¡No puedes!

—Sí puedo.

—¿Y George y Emily?

—Tendrán que usar su cama. Aquí no caben.

Se colocó de lado y le dio la espalda.

—Buenas noches.

Leigh permaneció largo rato sentada en la oscuridad. Él había aceptado su farol y ahora no sabía cómo lidiar con la situación. Había previsto una pelea, una discusión e incluso hacer el amor, pero no aquello.

¿Cómo iba a quedarse dormida con él desnudo en su cama? Pero no le quedaba otro remedio que intentarlo. El orgullo no le permitía marcharse.

Se tumbó de nuevo, se acercó al borde todo lo posible y se quedó mirando el techo. No le gustaba el sabor de la derrota, pero sabía que era su culpa. Ella lo quería, siempre lo había querido, pero no tenía ni idea de cómo lograr que aquel hombre testarudo e irritante comprendiera lo bien que podían estar juntos.

Suspiró. Gavin había ganado aquella escaramuza, pero ella no estaba dispuesta a rendirse. Sabía que le importaba y que la deseaba. Sólo tenía que pensar mejor en su plan.

A Gavin lo despertó el ruido de un trueno. Leigh, a su lado, se movió en sueños. Había apartado la ropa de la cama y emitía sonidos de alarma.

—Calla. Sólo es un trueno. Duérmete.

La apretó contra sí y ella se acurrucó como una gatita confiada, sin llegar a despertarse.

Gavin se preguntó si aquello sería amor. ¿Una intimidad que tenía que ver poco con sexo y mucho con interesarse por el otro? Apoyó la barbilla en la cabeza de ella e inhaló el aroma de su champú. Por la mañana tendrían que discutir aquella relación loca que se traían y era algo que no le apetecía nada.

Pronto tendría que levantarse y volver a su cuarto, pero quería esperar a que pasara la tormenta. Podía quedarse un poco más. Resultaba agradable abrazarla así. Agradable y reconfortante.

Cuando abrió de nuevo los ojos, la habitación estaba llena de luz y su mano cubría el pecho derecho de Leigh. Sentía el pezón endurecido en la palma y ella seguía acurrucada contra él.

Y estaba despierta.

La soltó inmediatamente y se apartó. Ella se volvió a mirarlo con rasgos todavía suavizados por el sueño. El impulso de besarla le hizo apartar la ropa.

—Llevas calzoncillos —dijo ella—. Dijiste que dormías desnudo.

Él buscó en el suelo los pantalones prestados.

—Dije que siempre dormía así. Pero siempre duermo solo.

—Yo también y no duermo desnuda.

—Tenemos que hablar —dijo él.

Leigh se sentó en la cama.

—Eso ya te lo dije yo anoche.

—Vístete. Hablaremos abajo.

Abrió la puerta para no ceder al impulso de echarse atrás y meterse de nuevo en la cama y se encontró de frente con Emily, que había levantado el puño para llamar.

—¡Oh!

Gavin asintió con la cabeza.

—Perdona. No pretendía asustarte.

—Oh. Bueno.

La mujer miró la cama donde estaba Leigh.

—Ah... tu hermana te llama por teléfono.

Leigh apartó la ropa y salió de la cama. El camisón se le había subido mucho por el muslo y Gavin lanzó un gemido en su interior.

—¿Puedes decirle que me estoy vistiendo y que la llamo enseguida?

Emily recuperó la compostura.

—Está bien. Nan tendrá el desayuno listo en media hora. Os veo abajo.

Se alejó. Gavin miró a Leigh.

—Yo diría que se lo ha tomado muy bien —comentó ella.

—No le gustan las escenas —dijo él—. Tiene armas más eficaces, como la culpabilidad y las preguntas cargadas de sentidos ocultos.

—No digas tonterías. No somos niños.

Gavin la miró.

—No, no lo somos. Pero si después del desayuno te sientes como una niña, a mí no me eches la culpa.

—No hemos hecho nada.

—¿Y piensas que ella se va a creer eso?

—Es la verdad.

—Vístete, Leigh. Tenemos mucho que hacer esta mañana.

Salió al pasillo y cerró la puerta. Se vistió y afeitó en un tiempo récord y bajó las escaleras. La cocina estaba vacía. Oyó a Nan y Emily charlar en el cuarto de la colada y se felicitó por su buena suerte.

Tomó unas llaves del gancho de detrás de la puerta y se dirigió al coche de Emily. Añadiría lo de tomar prestado el coche a sus otros pecados.

Tardó poco en llegar al pueblo. Como esperaba, el fuego había destruido el edificio por completo e incluso dañado los edificios contiguos. No necesitaba que le dijeran que no iba a sacar mucho de los restos de su apartamento.

Aparcó detrás de su coche y salió. Cuando vio que el ordenador seguía en el maletero, respiró aliviado.

George le salió al encuentro en cuanto aparcó delante de su casa y se acercó al ver que sacaba el ordenador del maletero.

—¿Te echo una mano?

—No hace falta, gracias. Pero si no te importa cerrar el maletero, te lo agradecería. He tenido que dejar el coche de Emily en el pueblo, pero volveré a buscarlo más tarde.

—Yo puedo llevarla a recogerlo.

—Gracias. No tendrás un teclado de sobra, ¿verdad?

—No. Pero puedes usar el de mi ordenador.

—Gracias de nuevo.

George le abrió la puerta. Emily y Nan estaban en el vestíbulo con expresión ansiosa. No había ni rastro de Leigh.

—¿Leigh no ha bajado todavía? —preguntó él.

—Creo que está hablando por teléfono con su hermana —repuso Emily.

Su preocupación resultaba palpable.

—Nos vamos a casar —dijo él.

Emily abrió la boca sorprendida. Gavin también estaba sorprendido, aunque sabía que la idea había estado presente en él desde el momento en que había abierto esa mañana la puerta del dormitorio y se había encontrado con Emily.

George pareció más pensativo que sorprendido. Nan sonrió con alegría.

—Bien, eso requiere un desayuno especial —dijo—. Dadme unos minutos y veré lo que puedo hacer.

—Vamos a dejarlo para mañana —le pidió Gavin—. Hoy no tengo hambre y Leigh y yo estamos muy ocupados. De momento necesito limpiar este ordenador —avanzó por el pasillo hacia el despacho de George.

—Enhorabuena —dijo éste cuando lo siguió a la habitación.

Gavin dejó el ordenador en el escritorio.

—Sé que ella podría encontrar algo mejor...

George movió la cabeza.

—No es verdad. No podría.

Gavin tragó saliva.

—La gente pensará que me caso por su dinero.

—¿Y desde cuándo te importa a ti lo que piense la gente?

—Me importa lo que pienses tú.

George sonrió.

—Anoche le dije a Emily que veríamos una boda doble —hizo una pausa—. Yo no suelo dar consejos, pero voy a hacer una excepción. Los dos tenéis un punto débil que puede destruir vuestra relación. Leigh cree que su hermana es la fuerte y, en consecuencia, no siempre confía en su instinto. Y tú te sientes culpable de algo sin motivo y te cuesta confiar en la gente.

Gavin lo miró incómodo.

—¿Quieres decir que deberíamos confiar el uno en el otro?

—No se puede amar sin confiar. Bien, ¿qué pasa con este ordenador?

Gavin le contó cómo lo habían descubierto y el otro lanzó un silbido.

Emily entró con una sonrisa y una taza de café para Gavin.

—Nan dice que está haciendo una tortilla especial y que más vale que te la comas.

Leigh entró en ese momento en la estancia.

—¿Has hablado con tu hermana? —preguntó Emily.

Leigh miró a Gavin.

—Sí.

—Seguro que la noticia le ha sorprendido tanto como a nosotros —Emily la abrazó con fuerza—. Nos alegramos mucho por lo dos. ¿Habéis fijado ya la fecha?

Leigh miró a Gavin sobresaltada.

—Perdona —dijo él—. Tenía que haber esperado para anunciarlo.

—Eso habría estado bien —asintió ella—. Sonrió a Emily—. Aún no hemos tenido ocasión de hacer planes.

Gavin le agradecía que no lo hubiera desmentido, aunque se preguntaba por qué.

—Y quiero esperar una proposición formal —siguió ella—. Ya sabes, con champán, luces suaves, música, un anillo...

Gavin guiñó un ojo y Emily se relajó.

—Di que sí, querida. A los hombres no hay que ponérselo nunca demasiado fácil.

George le pasó un brazo por la cintura y Gavin decidió que había llegado el momento de finalizar aquella conversación.

—Antes tenemos que ocuparnos de algunas cosas —dijo—. Como ver lo que hay en este ordenador.

—Después del desayuno —dijo ella con firmeza—. Ya conoces a Nan.

La cocinera había colocado el desayuno en la cocina e incluso había servido vasos pequeños de vino para brindar.

—No he tenido tiempo de enfriar el champán —les informó.

—No importa, Nan, lo que cuenta es la intención —contestó Leigh—. Y esto es muy considerado y encantador, ¿verdad, Gavin?

—Mucho.

Soportó los brindis y los buenos deseos sin dejar de preguntarse qué pasaría por la mente de Leigh. Cuando Emily y Nan empezaron a hablar de los planes de boda, la joven les siguió la corriente con toda normalidad.

—¿Qué estás haciendo? —le susurró

cuando al fin pudieron salir al pasillo.

—Planear tu ejecución —repuso ella con dulzura fingida.

George se reunió con ellos, por lo que Gavin se vio obligado a centrarse en el tema del ordenador. Limpió lo que pudo del polvo acumulado, le conectó el teclado de George y encendió la máquina. Apareció el cursor, pero no sucedió nada más.

—¿Está roto? —preguntó George.

—Creo que el disco duro ha sido borrado —comentó Leigh.

Gavin probó de nuevo, con el mismo resultado.

—Me parece que tienes razón. ¿Por qué escondería tu abuelo un ordenador al que le había borrado el disco duro?

—No lo sé.

—A lo mejor no lo escondió su abuelo —comentó George.

—No había pensado en eso —dijo Gavin.

—Yo tampoco —declaró Leigh.

—¿Gavin? —lo llamó Emily desde el umbral—. Wyatt Crossley está aquí. Quiere hablar con vosotros sobre lo de anoche.

Leigh y él salieron hacia la sala, donde los esperaba el policía.

—¿Cómo está la mano? —preguntó a Gavin.

—Bien, gracias. ¿Cómo está Earlwood?

Wyatt apretó la mandíbula.

—Ha muerto.

Leigh respiró con fuerza y Gavin le tomó la mano.

—¿Saben ya lo que pasó? —preguntó.

Wyatt negó con la cabeza.

—Todavía investigan el origen del fuego. Pudo ser un escape de gas en la parte de atrás. Una vez que se acumuló, cualquier cosa pudo hacer que explotara. Simplemente encender una bombilla.

—Keith habría olido el gas —protestó Leigh.

—La gente a veces corre riesgos estúpidos, como ir a investigar en lugar de llamar a los bomberos. Es una suerte que vosotros no estuvieseis ya arriba cuando sucedió la explosión.

Gavin pensó en el movimiento que había visto detrás del edificio. Ya fuera un animal o un humano, su decisión de pasar a la parte delantera les había salvado la vida.

—¿Puede haber sido provocado? —preguntó.

—No lo sabremos hasta que termine la investigación. ¿Tú tienes motivos para creer que lo fuera?

—No.

—Claro que no —dijo Leigh con rapidez.

Wyatt los miró con curiosidad.

—¿Has molestado a alguien últimamente, Gavin?

—¿Aparte del equipo al que vencimos la semana pasada?

—Anoche dijiste que Earlwood tenía problemas de dinero. ¿Cómo lo sabes?

—No lo sé seguro. Creo que oí algo en la Posada la otra noche. Anoche te dije que podía haber volado él el edificio, pero no tiene mucho sentido. No habría cobrado tanto dinero, a menos que el edificio fuera de su propiedad.

—Lo administra la inmobiliaria Rapid Realty —dijo Wyatt—. Estamos investigando quién es el dueño.

—Esa inmobiliaria es de Nolan Ducort, ¿no? ¿Sabías que Earlwood y él eran amigo?

Wyatt se puso tenso.

—No. ¿Eso es importante?

—Seguramente no, pero fueron juntos al instituto. Salían ellos dos y Martin Pepperton.

Wyatt achicó los ojos.

—¿Hay algo que quieras decirme, Gavin?

—No. Hablo por hablar.

—Pues el tema me interesa. Sospecho que tú no salías con ellos.

—Era de otro estatus social —repuso Gavin.

—Sí —Wyatt miró a Leigh, quien negó con la cabeza.

—Yo tampoco salía con ellos. Iban años por delante de mí en el instituto.

—Leigh, tenemos que decirle que hace dos días pedimos una orden de alejamiento contra Ducort.

Wyatt lo miró.

—Ducort tiene intereses en la empresa de R.J. y R.J. está trabajando en Heartskeep —dijo Gavin con tono neutral—. Pillé a Ducort molestando a Leigh.

—¿Por qué?

Gavin se encogió de hombros.

—Si no fuera abogado, te diría que considero que es una escoria que seguramente estaría en la cárcel si su familia no tuviera tan buenos contactos.

Wyatt se puso rígido; probablemente sabía que su tío y el padre de Ducort eran amigos desde la infancia.

—¿Algún tipo de escoria en particular? —preguntó.

—Si preguntas por ahí, quizá descubras por qué las mujeres listas lo evitan —dijo Gavin—. Pensó que Leigh podía ser su tipo.

—No lo soy —dijo ella con firmeza.

—No le gusta que le digan que no —añadió Gavin—. Y yo me encargué de que entendiera el mensaje.

Wyatt hizo una mueca.

—¿Te denunciará?

—No lo creo. Había testigos. Bram Myers lo escoltó hasta su coche.

—¿Y estaba lo bastante enfadado para buscar venganza?

—Todo es posible. Tú me has preguntado a quién puedo haber molestado últimamente y yo diría que sólo a él.

—Ajá. ¿Ducort seguía relacionándose todavía con Pepperton y Earlwood?

—Tendrás que preguntarle a él, pero yo diría que es probable.

—Dos de los tres están muertos —dijo el policía.

—Es muy curioso, ¿verdad?

Wyatt suspiró.

—Tienes mi móvil. Llámame si se te ocurre alguna otra noticia interesante.

—Siempre encantado de ayudar.

Wyatt se volvió para salir, pero cambió de idea.

—Casi lo olvido. No pudieron salvar nada de tu apartamento. Lo siento.

—Lo sé. He ido esta mañana a buscar mi coche.

—Si necesitas algo...

—Gracias.

Gavin y Leigh lo acompañaron hasta el porche.

—Cuídate —le dijo el policía al primero antes de despedirse.

—Gracias. Lo haré.

—¿Crees que Nolan pudo provocar el escape de gas? —le preguntó Leigh cuando se quedaron a solas.

—No lo sé, pero esa idea me gusta más que pensar que Earlwood intentó volarnos en pedazos.

—Es un edificio viejo. Quizá la tubería estaba mal.

—Quizá.

—Pero tú no lo crees.

—¿Y tú?

Leigh se metió un mechón de pelo detrás de la oreja sin contestar.

—¿Qué vamos a hacer?

—Tener cuidado, como ha dicho Wyatt. Y me gustaría ir a Heartskeep y mirar ese archivador.

Leigh lo miró a los ojos.

—¿No crees que antes deberíamos hablar?

—Podemos hablar por el camino.

—Yo creo que esta conversación nos va a llevar más de cinco minutos. ¿Tú no?

Capítulo once

Nolan colgó el teléfono y maldijo con fuerza. Miró la factura de venta que tenía en el escritorio y deseó que Martin Pepperton se friera lentamente en las llamas del infierno.

El bastardo le había transferido la propiedad del caballo inútil, tal y como le había dicho. Y para colmo, ahora los Establos Pepperton querían cobrarle una cifra exorbitante por cuidar del maldito animal, a menos que enviara a alguien a buscarlo.

Y por si eso no fuera bastante, se había extendido el rumor de que él era el nuevo dueño de la yegua campeona y Tyrone Briggs no dejaba de llamarlo para comprársela. Nolan dio un puñetazo en la mesa que lanzó por los aires bolígrafos y papeles. Estaba atrapado.

Le hubiera vendido el animal a Briggs si Martin no lo hubiera cambiado por otro con intención de vengarse de él, por un potro malo que le había comprado tiempo atrás. Nolan no conocía toda la historia y no le importaba; Martin había estado obsesionado con vengarse y había urdido aquel plan contra Briggs, colocándolo a él en medio de la pesadilla.

¿Qué iba a hacer? La situación le estallaría en la cara tal y como había temido desde el principio.

Cerró los ojos e intentó pensar en una salida. En cuanto la policía descubriera la transferencia, irían a hacerle preguntas. Les había dicho que hacía semanas que no había visto a Martin ni hablado con él, y esos papeles lo dejarían por mentiroso.

Lanzó un gemido. Abrió los ojos y miró, sin verlo, el cuadro caro que adornaba la pared de enfrente. Ya les había dicho que había estado en el hipódromo el día en que murió Martin. Si la policía descubría que éste había falsificado el historial del caballo que supuestamente le había vendido, consideraría que eso le había dado un motivo para el asesinato.

¿Y si su coartada no se sostenía?

¿Y si Leigh Thomas decidía contarles lo que había visto?

El miedo le creaba nudos en el estómago. Él no había querido dispararle a Martin, había sido en defensa propia. ¿Pero quién iba a creerlo ya?

Se levantó de la silla y empezó a caminar por la estancia. En ese momento tenía dos negocios complejos entre manos y había mucho dinero en juego. Si trascendía algo de aquel problema, perdería los dos y eso no podía permitírselo.

Se frotó los ojos enrojecidos, en los que empezaban a notarse las noches sin dormir. Si conseguía descansar, quizá pudiera pensar antes de que todo se derrumbara.

Lo de la noche anterior había sido un error. Había creído que era un riesgo calculado. Había investigado atentamente. Sabía que los responsables de los seguros podían ser muy tenaces, pero un edificio tan viejo y en tal mal estado...

A veces se producían escapes de gas. Y siempre que no dejara atrás pruebas y no muriera nadie...

Pero, según la radio, había muerto Keith Earlwood.

Nolan se frotó los nudillos. ¿Qué narices hacía aquel idiota dentro del edificio?

Nolan lo había comprado con varios otros meses atrás, al hacerse con la inmobiliaria Rapid Realty. Necesitaba reparaciones costosas, llevaba más de un año en el mercado sin un comprador a la vista y era un pozo de dinero con el que había que acabar.

La empresa de Keith tenía alquilada la planta baja por una cantidad ridícula. El apartamento de arriba también estaba alquilado, pero el precio combinado de las dos cosas no pagaba ni una mínima parte de lo que costaría repararlo. Y Nolan se había asegurado incluso de que no hubiera nadie dentro en aquel momento.

¿Por qué, entonces, no se había marchado Keith? No le había pegado tan fuerte.

¿Y si había podido hablar con la policía antes de morir?

¡No! Nolan se frotó la mandíbula. Si Keith hubiera dicho algo a la policía, ya habrían ido en su busca.

No debería haber utilizado a Earlwood para espiar a la zorra de Leigh y a Jarret, pero le volvía loco pensar por qué no habría ido a la policía. Tenía que haber un motivo.

Leigh Thomas no tenía nada que ver con el mundillo de las carreras, pero el día anterior había estado hablando en el restaurante con uno de los entrenadores de Martin. Y Jarret y ella habían ido desde allí al hipódromo. Aquello tenía que significar algo.

Se sentó de nuevo en su silla y miró los papeles que tenía delante.

¿Qué iba a hacer respecto a todo aquello? ¡Si al menos pudiera pensar!

La muerte de Keith podía ser ventajosa para él. Mucha gente sabía que Earlwood necesitaba dinero. Si la policía averiguaba que el escape había sido intencionado, posiblemente sospecharían de él.

Se miró los nudillos lastimados. Él no había tenido intención de pegarle, pero cuando se presentó y empezó a pedirle dinero, Nolan perdió los nervios. ¡Había tenido el valor de acusarlo de la muerte de Martin! Tenía que admitir que por un momento había sentido deseos de matarlo.

Pero no lo había hecho. Earlwood se golpeó la cabeza al caer contra la mesa la última vez, pero respiraba. E incluso abrió los ojos cuando Nolan le contó lo que ocurriría si acudía a la policía.

Cerró los ojos. Le dolía la cabeza y la aspirina no le hacía nada. Sentía tentaciones de servirse una copa aunque fueran las diez de la mañana, pero no podía correr ese riesgo. Tenía que pensar en el modo de salir de aquella historia del caballo.

El problema estaba allí, ¿no? ¿Por qué no librarse simplemente del animal?

Abrió los ojos. Si eliminaba al caballo sustituto, nadie sabría que no era el animal que los papeles decían que era.

¡Sí, aquélla era la respuesta! Eliminaría al caballo y seguiría con su historia original. Hacía meses que no hablaba con Martin y no sabía nada de esos papeles. Nunca le había pagado ni un centavo por el caballo. ¿Qué iba a hacer él con un caballo?

¿Pero cómo librarse del animal? Un incendio en el establo no serviría de nada. Con su mala suerte, seguro que sobrevivía.

Se levantó y se acercó a la ventana. ¿Y si lo robaban? Podía pagar a alguien para que se lo llevara y lo soltara en alguna parte.

Miró los papeles de propiedad y sonrió con cansancio. Esa idea le gustaba. Era sencilla y sin complicaciones. Perfecta.

¡Si pudiera recordar el nombre del mozo de establo al que Martin había despedido tiempo atrás! Seguramente estaría encantado con la posibilidad de ganarse un dinero fácil y vengarse de los Pepperton.

El plan podía salir bien. Sólo tenía que robar el maldito caballo y librarse de Leigh Thomas y Gavin Jarret. Era una lástima que no hubieran chocado con un árbol la noche en que los sacó de la carretera, pero todavía tenía la pistola de Martin.

—Aquí no tendremos privacidad —le dijo Gavin a Leigh cuando puso el coche en marcha—. Tendremos que ir a Heartskeep.

—Donde habrá mucha privacidad con todos los hombres de R.J. por allí.

—La casa es grande.

—Lo que tú digas.

Gavin la miró, pero ella miraba por la ventana. No tenía intención de ponérselo fácil.

—¿Estás enfadada?

—¿Por qué iba a estarlo?

231

Su calma empezaba a ponerlo nervioso.

—Tienes motivos. Anoche no debí meterme en tu cama.

Gavin aparcó el coche, soltó el cinturón y se volvió a mirarla.

—¿De verdad quieres otro abogado? —preguntó.

—Lo quería hasta que les has dicho a los Walken que nos vamos a casar.

—¿Qué significa eso? —quiso saber él.

—Significa que no te voy a despedir —repuso ella con calma.

Gavin tamborileó con los dedos en el volante.

—Supongo que quedaría raro que despidieras a tu marido —dijo con sorna.

—No nos vamos a casar —replicó ella—. Sé por qué lo has dicho y lo comprendo. Y no temas, no será muy difícil salir del lío. Esperamos unas semanas y luego les digo que he cambiado de idea. Sencillo.

Gavin sintió una opresión en el pecho.

—¿Sencillo?

—No te asustes, no te dejaré en mal lugar.

—¿Se puede saber de qué hablas? —él agarró el volante con frustración—. Tenía que haberte hecho el amor —murmuró.

Leigh abrió los labios, sorprendida. Él vio que estaba dolida y se arrepintió enseguida.

—Admito que habría sido agradable —repuso ella—, pero seguramente es mejor así. No me gustan las aventuras esporádicas.

—¿Agradable? —él apretó con fuerza el volante—. ¿Crees que hacer el amor conmigo sería agradable?

Ella enarcó las cejas con falsa sorpresa.

—¿No lo sería?

Gavin se inclinó hacia ella.

—Puede que no recuerdes lo que ocurrió hace siete años —dijo con suavidad—, pero yo no lo he olvidado. Cuando vuelva a hacerte el amor, te prometo que será mucho más que agradable.

La joven levantó la barbilla con desafío.

—Perdona, no pretendía ofender tu orgullo masculino.

—Señorita, tú pisoteas mi orgullo y lo sabes.

—¿Eso no es mejor que comprometer tus principios?

—Es la segunda vez que me lanzas eso a la cara —él le puso una mano en la mejilla—. Yo no pretendía herirte, sólo quería establecer cierta objetividad en relación contigo, pero no lo conseguí.

Ella abrió los labios sorprendida y él bajó la boca y los besó. Leigh arqueó el cuello y él apartó los labios para besarle la garganta.

Siguió con la otra mano la curva de su

pecho y tocó el pezón.

Y entonces sonó su teléfono móvil y Gavin apoyó la cabeza en la frente de ella, reacio a soltarla.

—¿No vas a contestar?

—Puedo tirarlo por la ventanilla —sugirió él.

Ella sonrió.

Gavin sacó el teléfono.

—¿Sí?

Leigh lo vio enderezarse en su asiento.

—No, estoy en el coche.

Hizo una pausa.

—De acuerdo, Susan. Da acceso a los auditores a todo lo que quieran. Iré en cuanto pueda, pero anula todo lo demás que tenga para esta semana. No. Nada de citas hasta la semana que viene. Puedes dar el número de mi móvil si sucede algo urgente, pero si no es urgente, dejas un mensaje en casa de los Walken. Bien. Gracias. Tú también.

—¿Tu despacho?

—Mi secretaria. Marcus le dio a Eden acceso a la cuenta de gastos de la casa, pero el único que sacó dinero en grandes cantidades fue él. Lo transfería a su cuenta privada y luego lo sacaba en metálico.

—¿Qué significa eso?

—Para empezar, que si tu padre estuviera vivo, tendría que responder por todo el dinero desaparecido.

—Jacob dijo que estaba en la ruina.

—Puede que sí. Quizá tenía un vicio secreto.

—Seiscientos cincuenta mil dólares son mucho vicio.

Gavin apretó los labios.

—O puede que tenga otra cuenta que aún no ha salido a la luz.

—Apuesto a que por eso Eden se llevó sus cosas tan deprisa. También busca el dinero.

Gavin se abrochó el cinturón y puso el coche en marcha.

—Pero si ese dinero existe, tenemos que encontrarlo nosotros antes.

—Hayley y Bram están en camino. Podemos pedirles que nos ayuden a buscar.

—Bien.

Leigh vaciló antes de hacer la siguiente pregunta.

—¿Qué le digo a Hayley de lo de estar prometidos?

Gavin no la miró.

—¿Qué quieres decirle tú?

—¿Qué significa eso?

—Significa que hay mucha química entre nosotros.

A ella empezó a latirle con fuerza el corazón.

—No tiene por qué ser un compromiso

falso —siguió él.

Leigh apenas notaba los baches del camino a Heartskeep. A ella le saltaban las entrañas por otros motivos.

—¿Me estás pidiendo que... me case contigo? —preguntó.

—No hace falta que te sorprendas tanto. Ya sé que no es ni el mejor momento ni el mejor lugar para esta conversación, pero ya que la has sacado... —le lanzó una mirada rápida—. ¿Por qué no lo piensas? Yo creo que nos complementamos muy bien. Por supuesto, firmaría un acuerdo prematrimonial. No me interesa tu dinero.

Leigh dio un respingo.

—¡Lo dices en serio!

—Sí —miró por la ventana de delante y achicó los ojos—. ¿Qué pasa ahora?

Leigh siguió su mirada y vio hombres que corrían hacia la parte de atrás de la casa. Antes de que hubiera podido asimilar lo que veía, Gavin salió del coche y se acercó al único hombre que no corría, sino que miraba a los demás.

—¿Qué sucede? ¿Dónde está R.J.?

El hombre giró la cabeza y escupió.

—Intentando alcanzar a Lucky antes de que esa loca trate de matarlo otra vez.

—¿Eden está aquí? —preguntó Leigh, que había llegado a tiempo de oírlo.

—Allí atrás. Me sorprende que no la hayan oído gritar desde Stony Ridge.

Gavin echó a correr.

—Yo en su lugar cruzaría por la casa —dijo el hombre a Leigh—. Es más rápido.

Ella asintió, subió los escalones y atravesó la casa. Llegó a la cocina, pero no vio a nadie. En la mesa había libros descolocados, como si los hubieran tirado allí con prisas.

Eran los libros del dormitorio de Marcus. Eden había vuelto a terminar lo que había empezado. ¿Pero por qué perseguía a Lucky otra vez? ¿No se daba cuenta de que un perro de ese tamaño podía arrancarle el brazo si se enfurecía?

Corrió fuera y vio a Eden aparecer por un extremo del jardín. Tenía el rostro pálido como la tiza, con excepción de dos manchas rojas en las mejillas. Parecía aterrorizada.

Leigh corrió hacia ella.

—¿Eden? ¿Te encuentras bien?

La otra la miró sin comprender y corrió hacia su coche. Leigh se apresuró a interceptarla.

—¡No te acerques a mí! ¡No te acerques!

—¿Eden? No pasa nada. Soy Leigh. ¿Te encuentras bien?

Eden se lanzó sobre ella, que, pillada por sorpresa, cayó hacia atrás. Eden subió al coche y lo puso en marcha.

—¡Espera! —gritó Leigh.

El coche se alejó por el camino entre nubes de polvo. Leigh oyó pasos y la voz de Gavin que lanzaba un juramento al ver alejarse el coche.

—¿Por qué no la has detenido?

—¿Con qué? ¿Qué pasa aquí? Parecía que había visto un fantasma.

R.J., Lucky y algunos hombres más llegaron también corriendo. El primero sujetaba al perro por el collar y en la otra mano llevaba un palo. Leigh miró a Gavin en busca de una explicación, pero la expresión de él la llenó de miedo.

—Lucky ha vuelto a cavar en el jardín —dijo Gavin con suavidad.

El miedo se extendió por todo su pecho.

—No importa. Ya dije que podía hacerlo.

Nadie se movió. Todos la miraban, algunos con lástima. R.J. soltó a Lucky, que se acercó a ella moviendo la cola. Tenía las patas y la piel sucias de tierra y barro.

Gavin se acercó y la tomó por los hombros.

—Leigh, no ha cavado sólo un agujero. Ha roto el sistema de aspersores.

—¡Me da igual! Gavin, me estás asustando.

—Ha sacado un hueso —musitó Gavin—. Un hueso humano.

Leigh sentía como un trueno en su interior. No podía apartar los ojos de los de él, que la miraban compasivos.

—¿Qué estás diciendo?

—Alguien enterró un cuerpo debajo del sistema de aspersores.

La mente se le quedó en blanco. La voz le salió tan vacía como se sentía ella por dentro.

—Enséñamelo.

—No hay nada que ver —musitó él con ternura—. Es un agujero de barro...

—¡Enséñamelo!

Se soltó y echó a andar hacia el laberinto. Su mirada se posó en el palo que llevaba R.J. en la mano. No era un palo, sino un hueso. Un hueso humano.

—Leigh, no debes ir allí —dijo el constructor.

—Déjala que vaya —intervino Gavin.

—No hay nada que ver —insistió R.J.

Estaba ya en el laberinto cuando Lucky la adelantó corriendo. Leigh sabía que Gavin la seguía de cerca, pero ninguno de los dos hablaba. A pesar del calor, sentía mucho frío.

Antes de que Lucky llegara a su destino, adivinó adónde se dirigía. La vida y la muerte cerraban un círculo completo. En aquel punto había habido muchas rosas en otro tiempo.

El lugar favorito de Marcus.

Él había plantado allí sus primeras rosas. Las había cuidado durante siete años con un fanatismo que nadie había entendido nunca.

Hasta ese momento.

Las rosas habían desaparecido, destruidas junto con él. El agua de la tubería rota y el barro cubrían el suelo. Alguien había cortado ya el agua, pero sólo después de que inundara el hoyo que Lucky había conseguido cavar.

Leigh se acercó al agujero.

—Cuidado —le advirtió Gavin—. El suelo está resbaladizo cerca de los bordes.

Tenía razón. No había mucho que ver. Sólo un agujero lleno de agua enlodada. Pero en ese barro estaban los restos de un ser humano.

Lucky se sentó sobre las patas traseras y la miró. Ella le acarició la cabeza.

—Buen perro.

Miró a Gavin, que la observaba con ojos inescrutables.

—Aquí murió —dijo ella—. A Marcus le pegaron un tiro en este mismo punto. Supongo que es una especie de justicia poética.

Oía las palabras como si procedieran de otra persona.

—Leigh...

—Marcus mató a nuestra madre. Siempre

240

lo hemos sabido. No sabíamos que la enterró aquí. Teníamos que haberlo adivinado en cuanto plantó sus primeras rosas. A mamá siempre le gustaron las rosas.

—Volvamos a la casa, Leigh.

—¿No ves la ironía? Él murió en el mismo lugar donde la enterró.

—Vámonos.

Leigh lo miró a los ojos.

—Por lo menos no intentas fingir que no sea la tumba de mi madre. Siempre supimos que Marcus la había matado. Nadie nos creía, pero nosotras lo sabíamos.

—La policía está en camino —dijo él—. Los he llamado antes.

—Puede ser otra persona —dijo R.J.

Leigh se había olvidado de él. Miró el objeto que tenía en las manos y que todavía parecía un palo. Un palo blanco sucio.

—No importa, ¿sabes? Ésa no es ella —señaló el hueso—. Sólo son los restos de lo que fue. Mi madre está aquí —se tocó el pecho—. Siempre lo estará. Pero es bueno saber por fin.

Se le quebró la voz y Gavin la rodeó con su brazo.

—Estoy bien. Ya podemos volver a la casa. Tengo que llamar a mi hermana.

Capítulo doce

Leigh no tuvo que llamar a Hayley, porque Bram y ella habían llegado ya y alguien debía haberles contado lo ocurrido porque los encontró corriendo ya hacia el laberinto.

Gavin vio abrazarse a las hermanas y le alivió ver lágrimas por fin. La calma antinatural de Leigh le había recordado su falta de emociones el día que murió su familia y no quería verla interiorizar el dolor como había hecho él.

—¿Crees que es Amy Thomas? —le preguntó Bram.

—Es imposible estar seguros, pero yo diría que es muy probable.

—Hayley siempre ha creído que su padre había matado a su madre.

Gavin asintió.

—Lo sé. La policía no tardará en llegar. ¿Crees que podemos llevarlas dentro?

—Hayley querrá verlo.

—Sí. Leigh también. No hay nada que ver.

—Eso no le importará.

—Lo sé.

Estaban sentados en la mesa de la cocina mientras el laberinto se llenaba de policías y personal técnico.

R.J. y sus hombres fueron interrogados y enviados a casa. Hayley y Leigh lo abrazaron y le dijeron que se alegraban de que Lucky hubiera encontrado la tumba.

Gavin llamó a su despacho para avisar de que no iría y después habló con George, le contó lo que sucedía y le aconsejó que desconectara el teléfono y se quedaran con los móviles por el momento. La prensa no tardaría en llamar.

Divisó varias veces a Wyatt en la parte de atrás y se alegró de que el jefe Crossley no hubiera aparecido. Después de un rato, salió a hablar con él.

—Entra. Bram ha hecho café.

—Wyatt negó con la cabeza.

—Todavía no puedo. ¿Crees que Hayley y Leigh pueden identificar unas joyas que hemos encontrado?

—Creo que sí. Pero no dejes que se les acerque tu tío.

Wyatt murmuró algo entre dientes.

—No te preocupes, sabe que esto lo deja en muy mal lugar. ¿Tú te quedarás por aquí?

—Sí.

—Tengo más noticias malas, decide tú

cuándo se las das. Me ha llamado la policía de Saratoga. Han encontrado a Livia Walsh. Sufrió un ataque hace unos días, mientras estaba de compras. Está en el hospital, pero no puede hablar ni moverse. No han conseguido localizar a su hija.

Gavin lanzó un juramento.

—Espero que tengan más suerte que yo.

—Enseguida vuelvo.

Gavin se reunió con los demás en la mesa de la cocina.

—Eden sabía que mamá estaba enterrada allí —dijo Leigh—. Por eso se enfadó tanto con Lucky. Tenía miedo de que encontrara la tumba.

—¿Crees que ayudó a Marcus a matar a mamá? —preguntó Hayley.

—Tranquilas —intervino Bram—. Todavía no sabemos si es el cuerpo de vuestra madre.

Hayley se volvió hacia él.

—¿Cuántos cuerpos desaparecidos crees que hay enterrados por aquí?

—Bram tiene razón —dijo Gavin—. No debemos sacar conclusiones precipitadas.

—Eden lo sabía —insistió Leigh—. Tú viste cómo persiguió a Lucky con un cuchillo. Y yo he visto su cara cuando se ha ido. Estaba muerta de miedo.

—Estoy de acuerdo —dijo Gavin—. Yo

también creo que lo sabía; pero, por desgracia, saber algo y poder probarlo son dos cosas distintas.

—Eso no es justo —protestó Hayley—. ¿Estás diciendo que va a quedar libre?

—No lo sé —repuso Gavin con sinceridad.

—¿Cómo podemos probar que es culpable? —preguntó Leigh.

Gavin le cubrió la mano con la suya.

—Con paciencia y pruebas. Puede que la policía encuentre pruebas enterradas con el cuerpo.

En el silencio que siguió, Gavin les contó lo de Livia Walsh. Los ojos de Leigh se llenaron de lágrimas.

—¿Entraron a robarle mientras estaba indefensa en el hospital?

Gavin le acarició el brazo.

—Eso parece.

—Tenemos que ayudarla —dijo Hayley.

En ese momento llegó Wyatt y Gavin hizo las presentaciones. Hayley miró las bolsas que el policía llevaba en la mano.

—Antes de que nos enseñe nada, puedo decirle que había dos joyas que mi madre llevaba siempre puestas. Una era un anillo de oro sencillo, la otra un collar hecho de encargo con dos esmeraldas grandes. El abuelo lo hizo diseñar para ella cuando nacimos nosotras.

—El abuelo siempre encargaba sus joyas adrede para ella —explicó Leigh—. Su compañía de seguros tenía fotos y valoraciones de todas.

—Eso ayudará —Wyatt se acercó a la mesa—. ¿Cómo sabía que esto son joyas?

—Porque dudo que quede mucho más después de tanto tiempo.

El policía apartó los libros que Eden había dejado allí.

—Tengo que pedirles que no toquen esto hasta que nuestra gente termine de analizarlo.

Sacó algo de la primera bolsa con unas pinzas largas. El collar estaba sucio de tierra y barro, pero había dos piedras grandes, que podían haber sido verdes, engarzadas en oro.

Leigh soltó un sonido estrangulado y cerró los ojos. Gavin le pasó un brazo por los hombros. Ella estaba temblando.

—Es el collar de mamá —dijo Hayley. Se volvió y enterró el rostro en el hombro de Bram.

—Lo siento mucho —dijo Wyatt.

—No, es mejor así —Leigh se secó los ojos—. Siempre supimos que estaba muerta.

—¿Cómo murió? —preguntó Hayley.

El policía movió la cabeza.

—Todavía no lo sabemos. Me temo que llevará tiempo averiguarlo.

Leigh le contó el comportamiento de Eden.

—¿Va a quedar libre? —preguntó Hayley cuando terminó.

—No si depende de mí —repuso Wyatt—. Sé que mi tío nunca se tomó en serio sus acusaciones, pero yo no soy él y ésta es mi investigación.

—Pero él es su jefe —señaló Hayley.

—Y Marcus era su padre.

Por un momento, hubo un silencio absoluto. Hayley y Leigh se miraron un momento.

—¿En qué podemos ayudar? —preguntó la primera.

—Tenemos que reabrir el caso. Necesito que intenten recordar todo lo que precedió al viaje de su madre a Nueva York y todo lo que sucedió inmediatamente después.

—Lo hemos repasado tantas veces que podemos contarlo hasta dormidas —dijo Hayley.

Wyatt movió la cabeza.

—Quiero todos los detalles, lo que desayunaron, qué tiempo hacía, lo que pensaban cuando salieron para el colegio... Llevará tiempo. Pienso ser muy concienzudo. Quiero que empiecen a pensar en ello. Uno cree que recuerda algo claramente, pero la memoria nunca es estática. Y preferiría que no hablaran entre sí de lo que recuerdan. Hablaré con las dos por separado. Y sé que no sirve de mucho decir que lo siento, pero es la verdad.

—Gracias —dijo Leigh.

Cuando se marchó Wyatt, Hayley miró a Gavin.

—Espero que tu amigo sea tan bueno como él cree.

—A mí me cae bien —declaró Leigh.

—A mí también —asintió Bram.

Se inclinó para recoger las tazas de café vacías y empujó sin querer uno de los libros, que cayó al suelo. De él salió un trozo de papel, que aterrizó a los pies de Leigh. Ésta se inclinó a recogerlo y se quedó inmóvil.

—¡Gavin!

Sé lo que hiciste. El jueves a las nueve de la noche deja veinte mil dólares detrás del león de piedra de la izquierda.

La nota estaba mecanografiada en un trozo de papel blanco, sin firma y sin fecha.

—¡No lo toques! —dijo Gavin—. Bram, mira a ver si puedes alcanzar a Wyatt antes de que se marche. Y tampoco toques el libro —dijo a Hayley, que se disponía a recogerlo del suelo.

—Pero hay otra nota que sobresale entre las páginas. Más de una —corrigió Hayley.

Gavin miró a Leigh.

—Creo que acabamos de descubrir lo que ha sido de los seiscientos cincuenta mil dólares que faltan.

—¿Eso es lo que buscaba Eden? —preguntó Leigh.

—No lo sé. Es posible. Pero yo me inclino a pensar que buscaba el dinero, no el motivo de su desaparición.

Se abrió la puerta de atrás y entraron Bram y Wyatt. Después de leer la nota, el policía les pidió que se retiraran a la biblioteca. Cuando se reunió allí con ellos, les dijo que sus hombres habían recuperado varias notas con peticiones de dinero. En una pedían cincuenta mil dólares.

—No me extraña que Marcus muriera arruinado —murmuró Hayley.

—¿Alguna idea de quién podía chantajear a su padre?

—Mucha gente —repuso la joven—. A Marcus no lo quería nadie.

—Eso me han dicho.

—¿Y Eden? —preguntó Leigh.

—Se casó con él —argumentó su hermana—. No necesitaba hacerle chantaje.

—Ya lo sé. Pero Jacob nos dijo que Eden llevaba años ahorrando por su cuenta, ¿te acuerdas, Gavin? Si tenía miedo de que Marcus hubiera guardado esas notas, eso explicaría por qué tenía tanta prisa en sacar todas sus pertenencias de la casa.

Gavin miró a Wyatt.

—Me temo que necesitaremos acceso a la casa —dijo el policía.

—Registren todo lo que quieran —lo invitó Hayley—. Pero si quieren examinar algo que perteneciera a Marcus, tendrán que hablar con Eden. Los muebles y estos libros son lo único que ha dejado aquí.

—Ya la estamos buscando. Gavin, ¿crees que esto podría estar relacionado con la explosión de anoche?

—¿Qué explosión? —preguntó Hayley.

—Te lo contaré luego —dijo Leigh—. ¿No fue un accidente?

—Todavía no lo sé, pero el modo que tiene Gavin de atraer problemas...

El aludido extendió las manos.

—Eh, yo sólo soy abogado de familia.

—O eso dices tú. ¿Ustedes cuatro no tienen nada más que contarme?

Gavin miró a Leigh, que negó con la cabeza.

—Muy bien. Estaré en contacto.

—¿Y por qué no le habéis hablado de la habitación que encontró R.J.? —preguntó Bram en voz baja, cuando se quedaron solos.

—Porque antes quiero examinar el archivador —repuso Leigh.

—Bien pensado —asintió Hayley—. Vamos allá.

—¿No deberíamos esperar a que se marche la policía? —preguntó Leigh—. No sería fácil explicar qué hacemos los cuatro en un armario vacío.

—Tienes razón —asintió Hayley—. Vamos a hablar con Emily y George. Podemos volver luego cuando se hayan ido.

Bram enarcó las cejas.

—¿Quieres volver después de que oscurezca?

—No podemos —le recordó Leigh—. Esa parte de la casa sigue sin luz.

—Podemos usar linternas o trasladar el archivador a una de nuestras habitaciones —sugirió su hermana.

Gavin movió la cabeza.

—La policía estará aquí toda la noche. Hay muchos huesos en el cuerpo humano y tendrán que registrar bien toda la zona. Además, Hayley les ha dado permiso para registrar toda la casa y, conociendo a Wyatt, lo va a hacer a conciencia.

—¿Tenía que haberle dicho que no?

—No, has hecho lo correcto. De todos modos habría conseguido una orden judicial; así al menos cooperas con él.

—¿Y el archivador tiene que esperar hasta mañana? —preguntó Hayley.

—Me temo que sí. O hasta que la policía termine el registro de la parte de arriba. Ahora no podemos llevarnos nada que pueda contener pruebas en potencia.

—A Wyatt no le va a gustar que le ocultemos información —musitó Bram.

—No lo haremos, sólo retrasaremos el momento de decírselo. Si encontramos algo relacionado con el caso, se lo diremos de inmediato —explicó Gavin.

Pero sabía que Wyatt se enfadaría, sobre todo si había más habitaciones ocultas en la casa.

Hayley y Bram se levantaron para marcharse.

—Seguro que la prensa está ya acampando en la verja —les recordó Gavin—. R.J. ha desconectado la línea del teléfono antes de marcharse. Tendremos que usar los móviles.

Hayley soltó un gruñido.

—No me acordaba de la prensa.

—Usaremos mi camioneta y daremos un rodeo. Iremos por detrás de los graneros —propuso Bram—. ¿Queréis venir con nosotros?

Leigh miró a Gavin.

—Vete con ellos —dijo él—. Yo me quedaré un rato más.

—Me quedo contigo —Leigh miró a su hermana—. Antes de que os vayáis, tengo que deciros algo. Gavin y yo nos vamos a casar.

—¿Qué?

—Emily y George ya lo saben. Y Nan también. No se lo hemos dicho a nadie más.

—Ni siquiera a mí —Hayley no se molestó en ocultar que se sentía herida.

—Lo sé, lo siento. Ha sido esta mañana, después de hablar contigo.

—Es culpa mía —intervino Gavin—. Se lo dije a Emily y a Gavin sin consultarla a ella. Lo siento. Tenía que haber esperado a que Leigh te lo dijera a ti antes.

Hayley los miró recelosa.

—¿Sabes lo que haces? —preguntó a su hermana—. No te ofendas, pero esto es muy repentino.

—No lo es —contestó Leigh—. Ha tardado más de siete años.

Hayley abrió los labios sorprendida. Gavin se quedó inmóvil.

—Alégrate por mí, por favor.

—¡Oh, Leigh! Claro que me alegro por ti —Hayley la abrazó—. Es sólo que no me esperaba algo así.

—Lo sé. Pero no quería que te enteraras por George y Emily.

—No te lo habría perdonado nunca —Hayley miró a Gavin—. No le hagas daño a mi hermana.

Gavin la miró a los ojos.

—Es lo último que deseo en este mundo, te lo prometo.

Leigh sintió una opresión en la garganta. Hasta Hayley parecía impresionada.

—Nunca he tenido un hermano, puede ser interesante. Bienvenido a la familia.

—Es un buen tipo —dijo Bram a Leigh.

—Lo sé. Los dos os parecéis mucho.

Bram pareció confundido.

—Me lo tomaré como un cumplido. Vamos, Hayley. Quiero salir de aquí antes de que empiece a llover. Y no tardará en oscurecer.

Cuando se quedaron solos, Gavin le puso una mano en el hombro a Leigh.

—¿Ese anuncio era tu modo de darme una respuesta?

—No, era lo más fácil en este momento.

—¿Y tu respuesta es no?

—Me dijiste que pensara en ello y sigo pensando.

En ese momento llamaron a la puerta con los nudillos y entró Wyatt.

—Creía que te habías ido —dijo Gavin.

—No, estaré aquí casi toda la noche. Queremos descubrir toda la zona posible antes de que empiece a llover. ¿Qué vais a hacer vosotros?

—¿Podemos quedarnos un rato más? Leigh quiere recoger unos papeles y archivos. Podemos enseñártelos antes de irnos, si quieres.

—No puedo permitir que os llevéis nada que pertenezca al caso, Gavin.

—Yo deseo que resuelvan el asesinato de mi madre más que usted —declaró Leigh con firmeza—. Lo último que voy a hacer es esconder pruebas. Sólo queremos mirar algunos papeles de mi abuelo y, puesto que murió antes de la desaparición de mi madre, dudo mucho que tengan que ver con su investigación, pero si resulta ser así, será usted el primero en saberlo.

Wyatt la miró como si sospechara que ocultaba algo. Tardó un rato en asentir con la cabeza.

—Está bien. Avisad a uno de los agentes cuando queráis iros.

Los idiotas se habían dejado pillar.

Nolan maldijo en voz alta en el puesto elevado desde donde vigilaba Establos Pepperton. Por supuesto, hablarían. Ahora se alegraba de haberlos contratado por teléfono. Había perdido diez mil dólares, pero por lo menos no podían identificarlo.

Ahora abrirían una investigación sobre

el caballo y Nolan tenía la sensación de que todo se cerraba a su alrededor. Los dos hombres a los que había contratado habían trabajado allí, entendían de caballos y los dos sentían rencor contra Establos Pepperton y Martin. El pequeño era un ex jockey que había engordado y primo del mozo de establo. Nolan no podía saber que serían tan incompetentes.

Tenía miedo. El sabor acre del miedo le resultaba amargo en la boca. Quería aullar de rabia y frustración. No podía comer ni dormir. Leigh Thomas era un peligro para su vida y el único modo de lidiar con un peligro era eliminarlo. Tenía que haberlo hecho desde el principio.

Se frotó los ojos con cansancio y pensó en la pistola de Martin. Si disparaba a Leigh y la dejaba en el coche de Jarret, la policía pensaría que había sido una riña de amantes. Y aunque no fuera así, a él no podrían relacionarlo con el crimen. Era lo único que podía hacer.

No tenía opción. O ella o él. Si la policía descubría que le había disparado a Martin o provocado el escape de gas, los contactos de su familia no podrían mantenerlo fuera de la cárcel. Leigh tenía que morir.

Enfiló el coche en dirección a Heartskeep. Sabía que tenía que haber un camino forestal entre Heartskeep y la casa de los Walken. No estaba marcado y ni siquiera estaba muy seguro de dónde se hallaba, pero si conseguía encontrarlo, no lo verían.

Aunque seguramente estaría en desuso y lleno de maleza y su deportivo no podría avanzar mucho por allí. Lo sensato sería pasar por el concesionario de coches que había comprado hacía poco y tomar prestada otra camioneta, pero ahora que había tomado una decisión, no quería esperar. Cada segundo que lo retrasara podía acercarlo a la ruina total.

Si el camino estaba muy mal, dejaría el coche e iría andando. De todos modos, era mejor plan. No tenía sentido exponerse a quedar atascado. Aparcaría el coche donde no pudieran verlo y andaría hasta la casa. Si Leigh no estaba allí, esperaría. Antes o después, aparecería. Siempre lo hacía.

Sólo necesitaba que la lluvia se retrasara un rato más.

Capítulo trece

—**H**a sido buena idea decirle a Wyatt que los archivos eran de tu abuelo —la alabó Gavin.

—Es la verdad. O por lo menos, eso creo.

—Necesitaremos una linterna.

—Tiene que haber una en el cajón de la cocina —dijo ella. Pero no la había—. Yo tengo una en mi habitación.

—De acuerdo —Gavin empezó a subir las escaleras de atrás, pero se detuvo.

—No importa —dijo ella—. No me gustan mucho, pero puedo soportarlo.

—¿Confías en mí? —preguntó él.

—Sí. ¿Por qué?

Él sonrió.

—Yo también en ti. Vamos antes de que vuelva Wyatt.

Leigh lo siguió sin decir nada.

—Espera un momento —dijo él, cuando llegó al primer piso.

—¿Qué haces?

—Buscar otra entrada a la galería. Y me parece... sí, aquí está.

Leigh miró con nerviosismo cómo se deslizaba un trozo de pared bajo la mano de él.

—Hemos vivido aquí toda nuestra vida y no sabíamos que existía esto. ¿No es patético?

—No querían que lo supierais.

—Me siento estúpida.

Lo siguió con curiosidad a la galería y contuvo el aliento. El comedor se extendía debajo de ellos, iluminado sólo por la luz ya pálida que entraba por las claraboyas.

—¡Qué raro! —susurró. La altura nunca le había importado, pero allí se sentía desorientada. Sintió un frío penetrante en la boca del estómago.

—Ten cuidado —le advirtió Gavin—. Hay un escalón hasta la barandilla.

Se lo mostró y ella se clavó las uñas en las palmas para reprimir el deseo de salir corriendo. Encima de ellos, las nubes seguían adelantando el ocaso.

—Teníamos que haber dejado la luz encendida abajo —comentó ella.

Gavin frunció el ceño.

—¿Te encuentras bien?

—Deberíamos ir por la linterna.

El espacio abierto a su alrededor se oscurecía por segundos. Las nubes cambiaban de grises a negras.

—Está bien. Sólo quiero enseñarte cómo se abre esta puerta.

Leigh se mordió el labio inferior para reprimir el deseo de decirle que no le importaba. La embargaba una sensación de peligro inminente. Se dijo que era una reacción a la bajada de presión barométrica. De niña siempre había reaccionado mucho a las tormentas.

Ansiosa, casi desesperada por salir de allí, dejó que le enseñara el mecanismo casi invisible que abría la puerta. Lo abrió y volvió a cerrarlo con rapidez para demostrarle que entendía su funcionamiento.

Quería irse de allí, quería luz. Pero Gavin observaba la pared de al lado de la escalera. Pasó los dedos por el panel de un lado y luego del otro.

—¿Qué haces? —ella ya no podía ocultar su agitación.

—La pared es muy gruesa.

—¿Qué?

—Esta pared es demasiado gruesa.

Golpeó ambos lados y escuchó con atención.

—¿Qué hay abajo al lado de la escalera?

—Gavin, está oscureciendo.

Él pasó los dedos con cuidado por el panel.

—Eso me parecía. Lo tengo.

Leigh no tuvo que preguntarle qué tenía. La pared de al lado de la escalera se abrió sin hacer ruido y mostró otra escalera más estrecha. Leigh no entendía cómo él no podía oír los latidos de su corazón desde donde estaba. Vio que se metía allí con una sonrisa de satisfacción.

—¿Qué haces? ¡No vas a bajar ahí!

—¿No quieres ver adónde lleva la escalera?

No, no quería. Todas las fibras de su cuerpo le gritaban que saliera de allí.

—¡Ajá!

Una bombilla solitaria colgaba en un rellano minúsculo de aquellas escaleras estrechas y empinadas.

—He pensado que, si la habitación que encontró R.J. tenía electricidad, esto también.

—Es una escalera para enanos delgados. ¿Podemos irnos ya?

Las paredes, como las del cuarto secreto, estaban inacabadas, lo que las hacía poco invitadoras.

—Es evidente que tenemos que bajar en fila india. ¿Quieres apostar a que esto formaba parte de la escalera trasera original?

Leigh estuvo a punto de decirle que le daba igual y que no pensaba bajar aquellas escaleras, pero Gavin avanzaba ya hacia el rellano. Parecía un niño con un juguete nuevo. ¿Es que no percibía lo peligroso que era aquello?

—Eso es interesante —dijo, cuando llegó al rellano.

Leigh luchó contra su sentido común y entró en la escalera. El estrés de los últimos días empezaba a afectarla. Gavin pensaría que era una tonta si le decía que no podía hacer aquello. Empezó a bajar. La puerta se cerró a sus espaldas.

—¡Gavin! ¡Se ha cerrado la puerta!

—No importa, hay otra en la parte de abajo. Eh, ¿estás bien?

Ella negó con la cabeza. El pánico la tenía paralizada. El corazón le latía con tal rapidez que creía que iba a explotar.

—¿Leigh? ¿Eres claustrofóbica?

Ella no podía contestar ni respirar. Gavin lanzó un juramento y volvió hacia ella.

—Dame la mano.

—No puedo.

—Mírame.

Leigh sólo podía ver sus ojos.

—Has dicho que confiabas en mí.

Ella hizo un esfuerzo y consiguió darle la mano.

—Eso es. Sigue mirándome. Estás bien.

—No puedo... respirar.

—Claro que puedes. Respiras perfectamente. Vamos. Iremos con cuidado porque las escaleras después del rellano son todavía más empinadas.

Cuando llegaron abajo, la tomó en sus brazos y ella apoyó la cabeza en su pecho y cerró los ojos.

—Lo siento —musitó él—. No lo sabía.

Leigh levantó la cabeza y sonrió temblorosa.

—No importa, estoy bien.

—Hay una puerta ahí, ¿ves? Debe de salir al lado de la chimenea del comedor.

Ella se concentró en sus palabras y en el contacto de su abrazo.

—Ahí hay estantes —consiguió decir.

—Lo recuerdo. En las películas de terror, las estanterías siempre esconden entradas secretas.

—Y los protagonistas siempre descubren el pasadizo secreto justo antes de que aparezca el malo.

Gavin le levantó la barbilla y la besó.

—Esto no es una película. Pero tú eres la persona más valiente que conozco.

—Lo que demuestra que no conoces a mucha gente.

—¿Quieres ver adónde lleva el pasadizo o quieres salir al comedor?

La soltó para palpar la pared, hasta que encontró otro interruptor. Al final del pasillo estrecho se encendió otra luz débil.

—¡Hay otra habitación!

Gavin asintió.

—Justo encima de nosotros está el rellano de la escalera.

—¿Pero para qué quería nadie esconder un cuarto aquí? ¿Para qué lo usarían?

—Ni idea. Tus antepasados no eran contrabandistas, ¿verdad?

—No que yo sepa —el corazón le latía todavía con fuerza, pero la horrible sensación de pánico empezaba a desaparecer.

—En los estantes de debajo de las escaleras hay cosas. Mira. También vino —levantó una botella polvorienta y sopló en la etiqueta.

—Es el vino que bebía mi abuelo.

Se dio cuenta de que los estantes contenían gran parte de la plata de la familia, toda envuelta con cuidado y etiquetada. Una bandeja grande y un par de candelabros estaban sin envolver, oscuros por la suciedad. Leigh se acercó más. El gran baúl que guardaba la plata estaba en el suelo, al lado del vino.

—Por lo menos sabemos que Eden no robó la plata de la familia.

—Todavía no —asintió él—. O por lo menos, no toda. Pero alguien ha estado aquí hace poco.

Señaló con el dedo y Leigh vio un camino hecho en el polvo. Lo siguió hasta el rincón, donde encontró otra puerta.

—Debe dar a la cocina —dijo él.

—No, a la despensa. ¿Recuerdas que la señora Norwhich pensaba que había visto a alguien en la puerta de la despensa?

—Tienes razón.

Mientras él abría la puerta, Leigh miró algo que brillaba en uno de los estantes y soltó un gritito. Levantó el cofre para que Gavin lo viera.

—Te hablé de él. Es donde el abuelo nos escondía los caramelos.

Pasó los dedos por la superficie antes de levantar la tapa.

Gavin sacó una caja de cartón metida en el cofrecillo. La caja había sido enviada a su abuelo tres semanas después de su muerte. Leigh reconoció inmediatamente el remite.

—Es una joyería de Nueva York. Ian McGarvey hacía todas las joyas de mamá. El abuelo debió encargarle ésta antes de morir. Me pregunto por qué mamá no nos dijo nada.

—Quizá nunca lo recibió —comentó él.

—Pero alguien abrió la caja —dijo ella con furia.

Le resultaba impensable que Marcus hubiera podido ocultarle algo así a su madre. Dentro había cuatro cajitas de joyería, con un papel pegado en cada una.

—Aquí pone Amy —dijo ella.

Pasó el cofre a Gavin y abrió la caja. Gavin soltó un silbido. A pesar de la escasa luz, el collar y los pendientes a juego resultaban exquisitos. El oro debía ser de veinticuatro quilates y el diseño era elegante. En el collar había tres esmeraldas engarzadas y otras tres, más pequeñas, en cada uno de los pendientes.

—Si estas piedras son reales...

—El señor McGarvey no trabaja imitaciones.

Leigh cerró la cajita y levantó la siguiente, que llevaba su nombre.

—¡Oh!

Su collar copiaba exactamente un tercio del de su madre. Sólo había una esmeralda y otra en cada pendiente.

La tristeza nubló su visión. Sólo la voz de Gavin le impedía entregarse al dolor que amenazaba con tragársela.

—¿Por qué hay cuatro cajas?

Ella parpadeó para reprimir las lágrimas, cerró la caja y abrió la de Hayley, que contenía una réplica exacta de lo que había en la suya. La última caja ponía Alexis.

—¿Quién es Alexis?

Leigh movió la cabeza. El contenido de la última caja era idéntico a la de Hayley y a la suya. Miró a Gavin, sorprendida y, de pronto, muy, muy asustada.

—¿Tienes otra hermana?

—Claro que no.

—¿Tu madre tenía otra hermana?

—Era hija única.

—¿Y quién es Alexis?

—No lo sé.

Sonó un trueno tan fuerte que la casa pareció estremecerse con el sonido. Las luces se apagaron con brusquedad.

—Creo que ha empezado la tormenta —dijo Gavin—. ¿Puedes volver a poner las joyas en las cajas?

—Creo que sí —Leigh temblaba mucho, no había ni rastro de luz por ninguna parte—. No podemos dejarlas aquí.

—No lo haremos. Si la señora Norwhich vio a alguien desaparecer en la despensa, es posible que Eden conozca esta habitación. Me sorprende que no se haya llevado ya la plata, pero seguramente esperaba tener más tiempo. No creo que pensara que íbamos a cambiar las cerraduras.

Leigh metió las joyas dentro de la caja y la cerró al tacto.

—No veo nada —dijo con miedo.

Él le acarició el brazo desnudo y le tomó la mano.

—No importa. La puerta que da a la despensa sigue abierta. Vamos a salir de aquí.

—Pero no se ve nada.

—No, pero tengo buena memoria. ¿Puedes llevar el cofre con una mano? Agárrate a la mía con la otra.

Leigh se aferró a sus dedos con fuerza.

—Puedo llevarlo.

Gavin se lo puso en los brazos.

—Estoy bastante seguro de que no hay nada en el suelo entre nosotros y la puerta, pero no sé lo que habrá en la despensa.

Avanzaron despacio.

—La señora Walsh nunca guardaba nada en el suelo, pero la señora Norwhich no lo sé.

—No creo que haya mucho. Si hubiera habido algo bloqueando la puerta, no se habría abierto —dijo él.

Le apretó los dedos. Leigh supo el momento exacto en el que entró en la despensa. La sensación del aire era diferente. Ya no sentía el pecho tan oprimido.

—Ah, ¿Leigh? ¿Dónde está localizada la puerta de la despensa en relación con donde estamos?

La joven pensó un momento.

—Creo que estamos en el rincón derecho, mirando desde la cocina. La puerta está casi en el centro, así que, si caminas en diagonal, tropezarás con ella.

Gavin siguió avanzando hasta que se detuvo bruscamente. Ella lo oyó palpar algo y la habitación se llenó de luz.

—¡Menos mal! —exclamó ella.

—Espera aquí a que cierre esa puerta.

Tardó varios minutos en encontrar el mecanismo, que esa vez estaba construido debajo de un estante.

Cuando salieron a la cocina, la lluvia golpeaba con furia los cristales. Una racha de viento fuerte abrió la puerta. Gavin se adelantó hacia allí y resbaló en el suelo. Se agarró a la encimera y, mientras cerraba la puerta, Leigh siguió con la vista un rastro de barro que cruzaba la cocina y seguía por el pasillo.

—¿Wyatt? —susurró, temerosa.

—Voy a ver. Si ocurre algo, sal corriendo y llama a la policía.

—¡No! —susurró ella con fiereza—. ¡Gavin, espera!

Sabía que perdía el tiempo. El problema con los hombres fuertes e independientes como Gavin y Bram era que siempre creían que podían enfrentarse a todo. Leigh aplaudía su valentía, pero maldecía su estupidez. Si las huellas no eran de Wyatt, podían ser de cualquiera.

Dejó el cofre al lado del frigorífico y se asomó al pasillo por el que había desaparecido Gavin, pero estaba muy oscuro para ver nada.

Una bola de miedo se le cruzó en la garganta. Nunca le había gustado jugar al escondite y odiaba aquello. Su instinto la impulsaba a salir corriendo y llenar la casa de policías, pero tenía miedo de que dispararan a Gavin por error.

Oyó un ruido detrás de ella y se volvió.

—Hola, Leigh.

El susurro de Nolan casi hizo que se le parara el corazón. Estaba empapado y sostenía algo en la mano con lo que apuntaba a su cabeza. Leigh salió corriendo por el pasillo. Lo oyó maldecir y salir tras ella. Gavin los oiría, pero no sabría que Nolan tenía una pistola. Leigh cambió de dirección y cruzó el comedor en dirección al vestíbulo.

—¡Gavin, Nolan tiene una pistola! —gritó.

—¡Zorra!

Bordeó la esquina. Jamás conseguiría llegar a la puerta de atrás antes de que la atrapara. Se lanzó hacia la escalera para alejar a Nolan de Gavin.

Cuando llegaba arriba, la mano de él le sujetó el tobillo. Ella le dio una patada con fuerza, pero tropezó y cayó.

Una mano la buscó en la oscuridad desde delante. Gavin la levantó y la empujó a la galería antes de colocarse entre Nolan y ella.

—¡Tiene una pistola!

Gavin se abalanzó sobre el brazo extendido del otro. En el choque se disparó el arma, pero la bala se perdió en el aire.

Gavin le agarró la mano de la pistola. Nolan lo empujó y Gavin tropezó en el escalón que bajaba hacia la barandilla de la galería. Nolan volvió a empujarlo.

Leigh le agarró el brazo, temerosa de que el impulso lo lanzara por encima de la barandilla. En lugar de eso, se golpeó con ella. Nolan agarró a Leigh del otro brazo, tiró hacia él y le puso la boca de la pistola en la mejilla.

—¡Te mataré! ¡Acércate y la mato!

Su voz era aguda y estridente. La atrajo contra su ropa empapada y la sujetó con tal fuerza que ella pensaba que le iba a cortar la circulación del brazo. Olía la pistola muy cerca de la nariz.

—¡Suéltala, Ducort!

La voz de Gavin era fría e increíblemente tranquila.

—De eso nada.

La apretó más y ella no pudo reprimir un respingo de dolor. Gavin apretó los puños a los costados.

—Tiene que morir.

Leigh, aturdida, comprendió que hablaba en serio.

—No sé por qué no has ido aún a la policía, pero tú eres la única testigo. Y yo no pienso ir a la cárcel por matar a Martin.

—¿De qué estás hablando, Ducort?

—¿No te lo ha dicho, Jarret? Ella estaba allí cuando murió. No sé qué asuntos se trae con Pepperton, pero yo la vi tan claramente como ella a mí.

—¿Tú mataste a Martin Pepperton?

—¡Fue un accidente! El hijo de perra me apuntó con la pistola. Intenté quitársela y se disparó. No fue culpa mía. Dile lo que pasó, zorra.

—Yo no estaba allí, Nolan.

Él la sacudió con fuerza.

—¡Perra embustera! Tú estabas allí.

Gavin hizo ademán de intervenir, pero Nolan apretó la pistola contra la mejilla de ella.

—No te muevas. Nada de eso importa ya. Esto aún puede salir bien. Una pelea de amantes. Ella te pega un tiro y luego se mata.

Leigh no podía creer lo que oía. Aquel hombre estaba loco y se proponía matarlos.

Gavin miró en dirección al comedor. Movió la cabeza.

—La policía no se lo tragará, Ducort.

¿Cómo podía él estar tan tranquilo?

—Sí se lo tragará. Alguien más tuvo que verla aquel día en el hipódromo. La policía sabrá que ésta es la misma pistola y averiguarán qué asunto tenían entre manos. A lo mejor incluso os cargan a vosotros la muerte de Earlwood. He oído que estabais allí cuando voló el edificio. Es una pena que no volarais con él, me habríais ahorrado la molestia. Tú tenías que haber dejado que Jarret se pudriera en la cárcel por el viejo Wickert, Leigh.

Ella dio un respingo.

—¿También lo mataste tú?

—No era mi intención. Queríamos acusar a Jarret de robo para vengarnos porque se había ido contigo, pero ahora ya no importa nada de eso.

Apartó la pistola de la mejilla de ella y apuntó a Gavin.

Y de pronto todo sucedió a la vez.

—¡Policía! ¡Tire el arma! —gritó Wyatt desde abajo.

Al mismo tiempo, Leigh lanzó todo su peso contra Nolan y Gavin se abalanzó sobre ellos.

Varios disparos explotaron a la vez.

Nolan gritó. Intentó apartarse de ella, tropezó en el escalón y se agarró a Gavin. Hubo otro disparo y los dos cayeron contra la barandilla. La madera cedió bajo su peso con un crujido.

Leigh agarró el brazo de Gavin con todas

sus fuerzas. La barandilla cayó y Nolan cayó con ella a la oscuridad de abajo. Leigh y Gavin cayeron al suelo, muy cerca del agujero. Gavin aterrizó encima de ella y la dejó sin aliento.

—¡Leigh! ¿Estás herida? —preguntó.

Se colocó de lado y tiró de ella hacia sí.

La joven luchaba por respirar, consciente apenas de las voces y los rayos de luz procedentes del comedor.

—¡Leigh! —Gavin la abrazó contra su pecho—. Lo siento. Lo siento mucho.

Unos pasos se acercaron a ellos. La galería tembló bajo su peso. Una linterna los iluminó y Leigh, que seguía luchando por respirar, vio el rostro de Gavin contorsionado por el dolor. La miraba con los ojos llenos de lágrimas.

—¿Dónde estás herida?

Ella consiguió negar con la cabeza.

—No. Sin aire.

Wyatt y otro agente llegaron hasta ellos.

—¿Estáis ilesos? Lo siento, Gavin. No podía apuntar bien.

—Estamos ilesos —gruñó Gavin, apretándola contra sí—. ¿Ducort?

—Ha caído encima de un sillón, está inconsciente. Creo que se ha roto el cuello. Hay una ambulancia en camino. ¿Podéis levantaros? Hay que salir de aquí antes de que esto se derrumbe.

—Todavía no lo entiendo —dijo Emily a la mañana siguiente, sentada con George y Leigh a la mesa de la cocina—. ¿Quieres decir que la policía cree que Nolan mató a Martin porque éste le vendió un caballo?

Leigh se encogió de hombros.

—Básicamente, se reduce a eso. Wyatt Crossley dijo que Nolan había hablado antes de entrar en el quirófano. Al parecer, Martin cambió los papeles de dos caballos de carreras. Uno, llamado Sunset Pride, valía mucho dinero y el otro no, pero se parecía mucho al primero. Martin quería que Nolan le vendiera el que no valía nada a un tal Briggs del que quería vengarse.

—Eso es una locura —exclamó Emily.

—No sólo eso —asintió George—. También es estúpido. Pepperton tenía que haber sabido que el plan no podía funcionar.

Leigh asintió.

—Eso mismo le dijo Nolan, pero dice que Martin estaba tan drogado que no quiso hacerle caso. Wyatt dice que el informe de la autopsia confirma lo de las drogas y la pistola que le quitó a Nolan estaba registrada a nombre de Martin.

Oyó pasos en el pasillo y levantó la vista. Emily movió la cabeza.

—Eso no explica por qué cree Nolan que le viste disparar contra Marcus Pepperton.

—No tengo ni idea.

—Creo que hemos encontrado la respuesta —dijo Hayley.

Entró en la estancia con una carpeta en la mano. Leigh miró a Gavin, que iba detrás con Bram y sostenía el cofre del tesoro de su abuelo.

—¿Qué sucede? —preguntó, al ver su expresión sombría.

Hayley movió la cabeza y miró a Bram. Gavin dejó el cofre sobre la mesa, se acercó a ella y le levantó la barbilla con ternura.

—¿Cómo te encuentras?

La quería. Su amor estaba presente en las profundidades de sus ojos y en el contacto gentil de su mano. Todo lo demás no importaba.

—Muy bien.

—¿El brazo?

—Un cardenal. ¿Y tú? George me ha dicho que os habíais ido allí esta mañana.

Gavin le apartó un mechón de la cara.

—Estabas tan dormida que no he tenido valor para despertarte.

—Hace poco que me he levantado —confesó ella—. ¿Qué sucede ahora?

Los ojos de él se oscurecieron.

—Mientras yo distraía a Wyatt en la cocina, Hayley y Bram han ido a buscar los archivos de la habitación secreta.

—¿Recuerdas la foto que encontré en el cajón del escritorio del abuelo? —preguntó Hayley—. Bram creyó que era una foto de una de nosotras alterada por ordenador.

—Lo recuerdo.

—La foto no estaba alterada, Leigh —dijo Bram—. Aunque seguramente sí sea una foto digital.

—En el camino de vuelta he echado un vistazo rápido a los archivos —Hayley abrió la carpeta sobre la mesa y todos miraron las fotos. Fotos de Hayley, pero no era Hayley.

—No comprendo —dijo Leigh—. ¿Quién es ésa?

Emily, George y Nan se acercaron a ver mejor.

—El abuelo contrató a un detective privado para descubrirlo. Su informe está ahí. No somos gemelas, Leigh, somos trillizas. Marcus la regaló. Tomó a nuestra hermana y se la dio a alguien.

Leigh la miró con el cuerpo convertido en hielo.

—¿Qué dices?

—Hay una copia de su partida de nacimiento. Mira la fecha y mira la hora. Un parto en casa, con Marcus de médico. Es nuestra hermana, Leigh. Marcus la regaló, o posiblemente la vendió, a esas personas.

—¡Oh, Dios mío! —susurró Emily.

Leigh miró a Gavin en busca de confirmación. Él asintió sombrío.

—Ella nació la primera. Tuvo que ser así para que él pudiera hacer eso. Nosotras nacimos por cesárea en el hospital —dijo Hayley.

—Mamá no se lo habría permitido.

—Mamá no lo sabía. ¿No lo entiendes? Seguro que la drogó. La primera nació de un modo normal. Luego llevó a mamá al hospital para sacarnos a nosotras delante de testigos. Mamá no se enteró.

Hayley se atragantó en sus lágrimas. Leigh se dio cuenta de que ella también lloraba. Miró la fotografía que tenía más cerca y se encontró con su propia cara. No era alguien que se pareciera a ellas, era una réplica exacta. Sólo la diferenciaban el estilo del pelo y la ropa.

George y Emily hablaban a la vez. Bram le susurraba a Hayley al oído. Leigh oyó la voz de Gavin.

—Alexis.

Lo miró y asintió con la cabeza.

—Sí, Alexis.

—¿Qué? —preguntó Hayley.

—Se llama Alexis. Por eso el abuelo encargó collares y pendientes nuevos. Tres

278

piedras por las tres nietas. Hayley, Leigh y Alexis.

—¿Cómo pudo hacer eso? —preguntó Nan—. ¿Cómo pudo Marcus entregar a su propia hija?

George estrechó a Emily contra su pecho. Su rostro reflejaba el horror que sentían todos.

—No lo sé —repuso Bram.

—Hay que encontrarla —decidió Hayley.

—Llamaré a Wyatt —dijo Gavin—

—¡No! —exclamó Hayley—. No puedes decírselo a la policía. Tenemos que encontrarla nosotros.

Leigh se secó las lágrimas y se esforzó por recuperar la compostura.

—Hayley tiene razón.

—Leigh, no podemos hacer eso. Hay que decírselo a Wyatt. Alexis fue la razón de que mataran a tu madre. Seguramente encontró estas carpetas después de la muerte de tu abuelo.

—Por eso fue a Nueva York —asintió Hayley—. Por eso parecía tan alterada aquellos últimos días. Quería ver a Alexis por sí misma.

Leigh sabía que su hermana tenía razón.

—Y después de averiguar la verdad, seguramente se enfrentaría a Marcus.

Leigh asintió. Eso era exactamente lo que

habría hecho su madre.

—¡Santo cielo! —susurró Emily.

—Tenemos que encontrar a Alexis nosotras —insistió Hayley—. No puede enterarse de su existencia por la prensa. Llamamos a ese detective, nos enteramos de dónde vive y vamos a verla.

—Un momento —dijo Gavin—. En este informe hay una dirección, pero es de hace siete años.

—Hayley tiene razón —dijo Leigh—. Por favor, Gavin. Un día o dos no pueden influir mucho en la investigación de Wyatt. Marcus está muerto.

—Pero la policía... —dijo Emily.

—No —la interrumpió George—. Tienen que ser ellas las que la encuentren y le digan la verdad. No debe enterarse por desconocidos.

—Danos tres días, Gavin —le suplicó Hayley—. Si no la encontramos antes, le daremos todo esto a Wyatt.

—¿Y si ella ya sabe la verdad? —preguntó él.

Todos lo miraron en silencio. Leigh fue la primera en hablar.

—No la sabe. No puedo explicar por qué estoy tan segura, pero lo estoy. No sabe nada de nosotras. No sé lo que ocurrió en Nueva York ni en nuestro jardín, pero Alexis no sabe nada. Cree que está sola.

Gavin le tocó la mejilla.

—Tres días. Y si me echan del colegio de abogados, tendrás que mantenerme.

Leigh lo abrazó.

—Te quiero.

Gavin sintió como si una puerta se abriera en su interior, dejando que por primera vez fluyeran libremente años de emociones contenidas. Leigh lo amaba.

—Vamos a llamar al detective —propuso Hayley.

—Es domingo —señaló George—. Dudo que conteste hoy. ¿Y no crees que antes deberíamos leer todo lo que hay en la carpeta?

Horas más tarde, Gavin se sentaba con Leigh en el columpio del porche. En la distancia se veían relámpagos.

—¿Cómo estás? —preguntó él.

—Bien. Me pregunto cómo será. ¿Cómo le contaremos lo que hizo Marcus?

—Hayley y tú encontraréis el modo.

—No sé.

Buscó su mano y los dos permanecieron largo rato sentados, viendo acercarse la tormenta.

—Has dicho que me querías —dijo él al fin—. ¿Porque he dicho que os ayudaría?

Ella lo miró a los ojos.

—Me enamoré de ti cuando tenía trece años. Mamá paró a echar gasolina y te vi cambiando una rueda. Tus ojos me persiguieron luego. Quería arreglar a toda costa lo que había puesto aquella expresión cerrada en ellos.

Gavin sintió la boca seca.

—Mamá dijo que de todos los chicos que habían acogido Emily y George, R.J. y tú erais los más especiales. Dijo que, si alguna vez aprendías a abrir tu corazón, serías el tipo de hombre en el que una mujer podría confiar siempre, pero no sabía si aprenderías esa lección o no.

—¿Te dijo eso?

—Sí. Mi madre era muy lista. Sabía lo que sentía por ti.

—Tenías trece años, eras una niña.

Leigh sonrió.

—No creo que pensara que ese sentimiento me iba a durar toda la vida, simplemente intentaba enseñarme a mirar debajo de la superficie de una persona. Por lo menos, eso es lo que yo creo que hacía. ¿Se equivocaba?

—¿Te refieres a si una mujer puede confiar en mí?

—Yo sé que puedo.

—¿Quieres saber si he aprendido a amar? No lo sé, Leigh. Sólo puedo decirte que anoche en la galería pasé el peor momento de mi vida cuando pensé que te habían disparado. Estaba destrozado.

Ella cerró los ojos y él la tomó en sus brazos.

—Te quiero, Leigh.

—Lo sé. Creo que lo supe el día que me hablaste de tu familia, que me confiaste algo que era muy importante para ti.

—Te quiero. Sé que querías una proposición formal...

—No, sólo te quiero a ti.

—Tú te lo mereces todo, la cena, la luz de la luna, las flores...

Ella se echó a reír.

—¿A ti arrodillado? ¿Podemos hacer fotos? Hayley no me creerá si no las ve.

Gavin la abrazó largo rato, satisfecho de sentirla contra su pecho.

—La gente dirá que me caso contigo por tu dinero.

—¿Y qué? También dirán que me caso contigo por tu atractivo. Deja que hablen, así tienen algo que hacer.

—¿Entonces te casarás conmigo?

—Cuando quieras.

Él se metió la mano al bolsillo y sacó un anillo.

—¿De dónde ha salido esto?

—George fue a buscarlo ayer al banco.

Era el anillo de mi abuela. Curiosamente, es una esmeralda en vez de un diamante, pero he pensado que puedes llevarlo hasta que tenga ocasión de comprarte algo más de tu gusto.

—No, es el destino —corrigió ella, mirando la piedra verde—. Éste tenía que ser mi anillo.

Gavin se lo puso en el dedo y los ojos de ella se llenaron de lágrimas.

—No quiero nada más —dijo—. Lo único que he querido siempre eres tú.

La lluvia empezó a caer sobre el porche.

—¿Estás llorando?

—Es de felicidad —le aseguró ella.

—Más vale que entremos antes de que nos empapemos.

—No me importa.

A él tampoco le importaba. Nada le había parecido nunca tan hermoso como estar allí en el porche abrazando a Leigh bajo la lluvia.

—¿Gavin? —preguntó la joven después de unos minutos—. Si tenemos razón con lo de Alexis, es ella la que tiene que heredar Heartskeep.

—La heredera perdida —asintió él—. La tercera hija.

Leigh sonrió con anhelo.

—Bien. Sólo tenemos que encontrarla.

—La encontraremos, te lo prometo.